陳政欣／著

窺視

我不能潛進他們的寢室。不知道這些資料是否足夠讓妳向他提出控訴？

誰說我要控訴他？妳太年輕了，生活不是這樣的。我心中想著。就這樣不聲不響地忍辱負重，算了？他即使不是個好丈夫，他還是個好父親。我要給他有回頭的機會。

或許我還太年輕，還不能體會到什麼是醇厚沉澱的感情。

目次

目　次

窺視
——人間煙火吉隆坡

1.

我很氣憤。

我從床上跳起，衝到電視櫃前，拿起擱在電視機上的住房卡大力地向茶桌上捧下：「拉拉拉，拉妳的死人頭。看看房卡，我是住到今天的。中午才退房！」

柯淑慧驚慌地自床上坐起，雙眼迷糊，聲音卻出奇尖銳地說：「什麼事，晶姐？」

眼前似乎黑影一晃，我頓然清醒過來。腦袋壅塞而又沉重，我不由雙手捧著頭，長吁一聲，在床邊坐下。

柯淑慧寒噤地望著我，本來睏覦的雙眼，雖然稍微浮腫，卻已睜眼瞪目，雙手緊抱胸前。

「沒事。」我抬起頭，看她一臉惶惑，侷促不安，身子似乎簌簌發抖，不無疚愧地說：「沒事的。這房間不清潔。幾點了？」

我是想要讓她鎮定下來，豈知她反而「啊」一聲地從床上跳起，臉色頓時蒼白地尖叫：「不清潔？！」

「幾點了？」我抬起頭，勉強擠出些許的笑意：「沒事的，不用怕。」

柯淑慧拿起手錶一看，又「啊」了一聲：「都九點了。」

我自床上坐起，把落地長窗的厚實窗簾左右方向扯開，落地長窗外的整大片的陽光剎那間衝了進來。室內陰鬱的氣象一掃而空，亮麗的太陽照耀得和煦而又祥瑞。

柯淑慧在床沿坐下：「見鬼了？」

「是見鬼了，」我悻然地在她前面坐下：「昨晚回房時，我就感到有點陰森森感覺。剛睡著，朦朦朧朧中，就有個穿紅色旗

窺視

袍的女人走到我的床前，指著我說：『喂喂，好起床了。』我說我好累好累，讓我多睡一陣子。她返過身離去，行前還回過頭來說：「快點。」

「紅色旗袍？」在陽光亮麗照耀的房間裡，柯淑慧已經回復故態，不無戲謔地說：「找妳算賬來的？」

「我怎知？」我白了她一眼：「剛才，她又回來了。一看我還躺在床上，就聳皺著兩道濃眉，齜牙咧嘴地尖聲叫喊：『妳，還睡，還不醒。』說著時，伸出雙手，像是要來抓我。血紅的嘴唇喃喃地嘮叨著：『還不起來，還不起來。』我跳了起來，直朝著她嚷叫：拉拉拉，拉妳的死人頭。妳看看我的房卡，我是住到今天的。奇怪的是當時我一點都不感到驚慌恐懼。我說著說著，就拿起了房卡，大力地在這桌上摔下。」我拿起桌上的房卡晃了下，回想起剛才我那潑婦般叫罵的語氣，不由地笑了起來。

「妳罵，罵鬼？」柯淑慧雖然還有些膽怯，卻也禁不住微笑著說。

「邪，好邪。不玩了。」我聳聳肩：「不好玩。下山回家吧。」說著，我把身上的衣服一脫，只剩下條內褲，走進浴室。

窺視——人間煙火吉隆坡

柯淑慧與我昨晚在賭場裡都輸了好幾百塊了，所以我說下山，她也沒有意見，只是瞪大著眼，怯懦窘迫地，避開我的眼光，返身收拾行李去。

她還嫩，但她昨晚就讓我拉她的手，讓我把手圍攏在她的肩膀上。江錫輝要跟她分手，這讓她快速地向我靠攏。當我從浴室出來時，她已站在窗口望向窗外的景色，但她的眼角餘光，還是瞅了下我赤裸的上身。

這時我的手機響起。我穿上衣服，一瞄來電號碼，是老總的，不由煩厭地說：「我知道了，老總。我中午過後會回去的，現在我有要事，要跟一個人見面。」

「我知道妳會回來，但妳也得讓我知道什麼時候。我總不能要陳振華他們一直在等著妳。大小姐！」老總姓陳，是家雙週刊雜誌的總編輯，是我的頂頭上司。

這人我背後叫他陳大呆，因為他好應付。我說：「昨天我忘了通知你。我今天是很早就出門了。我是約了日升電子的丹斯

窺視

里[1]張，要跟他作個專訪。他還沒到，我正在他的辦公室等著。要不要我跟他聯絡，改換個時間，這樣，我現在就能回去。」

　　最近丹斯里張涉足總商會的年度改選，是備受在野在朝派系都看好的下屆會長人選。雙週刊正需要一些內幕的報導。陳大呆也知道我的姐姐跟丹斯里張的太太李秋萍是同學，透過我姐姐的關係，我跟李秋萍也很熟悉，我跟他們見面敘談，是絕對有可能的事。

　　「沒事，沒事。妳就先見他們吧。」陳大呆果然信以為真。「妳記得準時交稿就行。要不要讓我叫東尼過去。」

　　東尼是公司的攝影記者，只要是大一點的項目，陳大呆就會派他過來支援。

　　「喔，不用了。我們是細說家常。你知道，我是打算從他的家庭著手，來一個完整大篇幅的內幕報導。你們別來搗亂。」

　　「那好。妳幾時會回來。我們還等著妳開會。」

　　「下午吧。再聯絡你。」說著，就把手機關了。

---

[1]　丹斯里（Tan Seri）是馬來西亞最高元首頒授給對國家社會有功人士的皇家高級勳銜。

窺視——人間煙火吉隆坡

柯淑慧這時正好走過來，我趨前在她的面頰上親了下，說：「這個大呆，還等著我開會！」

柯淑慧撫摸著臉頰，囁嚅著說：「妳怎麼交差？」

「就說丹斯里張過後有事沒來，我只跟他太太李秋萍見面。我跟李秋萍很熟，我隨便亂扯，陳大呆就會以為是什麼寶貝內幕消息了。」

我牽著柯淑慧的手，退了房，到停車場取車，下山。

在途中，我瞅了柯淑慧一眼，說：「怎樣，有什麼打算？」

「什麼打算？先載我回家，我明天才會上班。」柯淑慧望著窗外草木生機盎然，一片翠綠的山林，陰鬱地說。柯淑慧五官秀麗，鼻子端正圓渾，嫩皮細肉，小家碧玉型。交往了三年的男朋友，那個叫江錫輝的，被公司派到中國廣州的分廠培訓，半年後回來，就跟她提出要求分手。這半個月來，她就一直來找我哭訴，要求我替她想辦法挽回這段感情。江錫輝以前是跟我同事過，在他倆交往的初期，我還為他們間穿針引線過。但這種出現第三者的婆媽情感糾紛，我實在沒什麼興趣，況且我一直以來就

窺視

對柯淑慧有好感，江錫輝把她甩開，她就會向我靠攏過來，這，這正是我所期望的。再說，柯淑慧的對手是個中國女孩子，我私底下想，不容易！

「好，我先送妳回家。我是說，江錫輝的事，妳的意思是怎麼樣，要不要我替妳找人，修理修理他。我是有人的。」現階段，我還是要表現出我的憤慨與正義感，還有，我的勢力。

「我不知道。」說著，她就沉默不語。

我眼角一瞄，看到晶瑩的淚水正從她的眼角滑下。

這正好。我就是要她感到無助要她悲傷要她心痛要她感受到愛情的虛偽與無情。我有時會不喜歡男人，覺得男人都是狗公，但我也不會排斥男人，因為有時我也覺得我也是條母狗。涉及感情與性愛的事上，我是絕對贊成把這兩碼事分開。相比較下，我心疼這小女人。有時，我會喜歡女人。這可能與我的體格有關。我比較像男孩子，有男孩子般的腰圍，也有男孩子的粗獷性格。看到精緻嬌美的女孩，有時也會有衝上前擁抱親嘴的衝動。老總陳大呆就常下意識地把我當成中性人。一些女記者不便出席的場

窺視——人間煙火吉隆坡

合，他會隨口指派我出場，一些男記者都不願亮相的場面，他更會說：妳去，妳去，妳是個女的，他們不敢對女人無禮。

手機又響起。一看手機上顯示的號碼，是林美娣，那個非常在意別人是否稱呼她為拿汀[2]的名流女人。「阿晶，妳幾點會到達我的辦公室？我的朋友急著要見妳。妳一個小時後能不能到達？」我往手錶一瞥，再看下附近的環境：「可以吧。我一個小時後到達妳那裡。」

「妳不要再放我的飛機啊。我現在就讓我的朋友馬上到我的辦公室來。妳一定要來！」聽她那場尖銳的嬌笑聲，你可以想像她一旦潑辣起來，整個場面將會如何壯觀。她丈夫也是個拿督級的人物，但我一想到有她在場的場合，他那如喪考妣，如坐針氈，膽戰心驚的慘狀，就要忍俊不禁地發笑。

「會的，會的，妳拿汀林美娣的事，有天大的事，我都得放下，直奔向妳。」我大聲豪爽地笑著說。

窺視

「死丫頭，快點過來就是。」

近半年來，我也替林美娣辦理過兩宗任務，她都很滿意。她這人出手還算是大方，但話說回來，她要找一個像我這樣的人才去辦理她要辦的那種事，而且既穩當又隱蔽，既可靠又安全，花多少的錢都是值得。

我把柯淑慧拋在黑風洞附近她家門前，然後車頭一轉，就朝吉隆坡市中心武吉免當路的方向飛馳而去。

2.

林美娣的辦公室在武吉免當的一幢商業大樓內。我把車子泊放在那大樓的停車場，然後我就乘電梯直抵她那在十四層的辦公室。她的老公是一家公共掛牌公司的CEO。說是CEO，其實說穿了，也就是我們所說的董事經理，只是現在流行時髦的稱呼，叫CEO。就是這麼一回事。前些年，這家公司還是屬於家族生意，後來經林美娣的老公一番操作，東拖西拽地引進了外資，注入自

己及朋友一些私人的部份資產，拉一些特殊政治人物的關係，找幾個朋友擴展各方的人脈網絡，突然間這家公司就在吉隆坡證券交易所的第二板上掛牌。

林美娣就攀附在公司這項脫胎換骨的行動，順藤摸瓜地蛻變成公司CEO的私人助理，除了在公司能領上份工資，配上一輛公司的轎車，還在CEO豪華亮麗的辦公室旁，設置了一間她私人專用的辦公室。

她那辦公室我去過幾次。她的辦公桌上不錯是有套電腦，但那電腦的螢光屏上總是亮著證券交易板的螢幕。她那光潔明亮的桌面上沒有任何文件檔案，倒是辦公室三面玻璃牆上都掛上百葉窗簾，而且總是垂閉著。我第一次走進她這辦公室時，就感到一雙「偷窺」的氣息在這房間潛伏著。果然。林美娣在跟我談話的過程中，就幾次走到左邊的窗簾，掀起簾縫，向外探看下。從那裡，可以一眼無遺看到她老公辦公室內的一舉一動。前方與右方，就是這家公司的總辦事處，辦公桌有條不紊地散佈在整個樓層，只要她林美娣在玻璃牆前一站，人來人往，一目了然。

窺視

我走進公司的辦公廳時，那女接待員只抬頭用眼角掃了我一眼，就忙她電話總機的工作去了。這些人都知道我是拿汀的朋友，而且我肩膀上總是掛著個攝影機，是跑新聞工作的，才懶得理我。我逕自走向林美娣的辦公司。打開門，我就看到個衣飾樸素簡約，氣韻優雅的中年女人，坐在那一身掛金戴鑽，華麗嬌豔的林美娣的身旁。

　　林美娣也沒站起來，只是微笑地指下對面的沙發要我坐下。我看那女人身邊擱著個「LV」牌子的皮包，仔細一瞄，手工精緻，皮包潤亮，應該不會是茨廠街那一帶的貨色。其實，能跟林美娣這種暴發戶型的婆娘子走在一起的人，手頭上、家底子都應該是硬底闊綽厚實的。

　　林美娣只做簡單扼要的介紹。這女人姓王，有項任務要拜託我去完成。一切的開支與酬勞都由她負責，所有的工作的成果卻只能向王女士直接彙報，不必通過她傳達。

　　說著，那女人從皮包裡拿出個信封。她向我展示了一張中年男性的相片，另一張是一個長髮少女站在雲頂娛樂城高原酒店前拍的影像。接著，她又交給我一張紙，上面寫著：

窺視——人間煙火吉隆坡

1，我的電話。2，男的工作地點。3，女的住家地址。
4，女的工作地點。5，男的電子郵址。

這些資料就足以讓我瞭解我要完成的工作性質。

我看了一下女的工作地點：「情緣」娛樂廳。

我不由憐憫地說：「小龍女[3]？」

王女士苦澀地皺起眉頭：「聽說是雲南來的。他前些日子買了個筆記型電腦。我女兒說他常上網接收郵件，所以我給妳這電子郵件的地址，看看能不能查出些什麼。我猜測他們可能通過電子郵件聯繫。」

「妳沒有他的電子郵件帳號的密碼？」

「我會讓我的女兒想法子去找。」

「妳想要知道到什麼程度？」說著，我朝林美娣望去。

「不能便宜了他。至少都要有足夠的證據，讓他死了這條心。」林美娣說得咬牙切齒，好像她是當事人般地憤慨。

---

[3] 指在東南亞地區從事賣淫活動的中國女子。

窺視

王女士倒是溫文爾雅地說：「我只要他回來。我想還是要有確實的證據，讓他不能反口詭辯，而且越快越好。我就怕他落入人家的圈套，留下手尾什麼的就難收拾了。」

　　她似乎不願意說太多，而且眼光一直避著我。我明白，她是不願跟我有更深一層的接觸，這件事最好是很快地過去，最好是大家心知肚明就行了。她要我直接跟她聯絡，可見得她還是防著林美娣那張嘴，也不願讓她瞭解太多底細，洩了底細及外揚了家醜。她要林美娣負責應對我的酬勞與開支，卻是在防我漫天開價，讓林美娣來牽制我，怕我亂來。

　　她沒吐苦水，沒發牢騷，只是簡練細緻地交代下她丈夫出軌的痕跡。

　　接著，就告辭離去。

　　我是在一家雙週刊跑專訪，說穿了，也就是發掘某些爆炸性及能轟動社會的報導，最好是獨家挖掘出來的內幕或幕後新聞，尤其是社會上的名流佳麗的風流軼事或是家族醜聞，所以跟蹤暗訪偷窺竊聽偵查搜索探測這一類的行徑，已成為我的日常生活行

窺視——人間煙火吉隆坡

為。我幹得不錯，蠻有成績的。我的老總陳大呆就對我是又愛又怕又恨，愛的是我每一兩個月都能給他一個大爆料，讓他那雙週刊既火紅又暢銷，令他回腸揪肺的是怕我被對手撬挖過巢，恨的是我從不把他放在眼裡，還常無事找事揶揄他。

我曾經替林美娣辦過一件事。

那時，她跟另一位名流女人競選某個鄉團組織的婦女組主席的職位。對手放出一些不利她的風聲，讓她選情告急。她托我出面。我只花了兩天的跟蹤與搜索，一張對手女人從某酒店大門走出來的相片，再加上時間與日期，就讓那女人知難而退。過後那女人遇見林美娣，總是必恭必敬地稱呼：「拿汀，妳好，妳好。」

過後又有兩次，她讓我替她收集某些人的資料，從而也扭轉了某些跟她丈夫的商業有巨大利益牽連的商機，讓這商機走向有利於她丈夫的方向。

「從那時起啊，我那老公就不敢不再聽我的了。」其實，除了在商業上有所斬獲之外，她說她的老公從此不敢再晚歸了。

窺視

當然，林美娣給了我不錯而且是闊綽的酬勞，並出錢讓我去了一趟中國，漫遊了十天的大江南北。

　　在她的串通聯繫下，我也幫她的一些朋友解決她們家庭裡的粉紅色糾紛，連帶地，也讓她獲得名流圈內姐妹們的敬畏。

　　通常，我都不會親自去聯繫，林美娣知道我的能力與價值。在面對一些涉及跟蹤搜索性質的任務，我這個掛著某某雜誌「特約記者證」的女孩子，絕對是比外頭那些專業人才更為可靠及安全，而且也不會引人注目，招人猜疑。

　　幾次的交易後，林美娣就不知不覺地成了我這類工作的經紀人。

　　林美娣也沒向我介紹那女人的背景，只是再三地跟我說會有一份頗大的酬勞：「這女人付得起，只是妳行動要隱蔽些，她是不願跟那男人明著幹，只要能私下了結，不動聲色，她是不會吝嗇的」說著，她繞過桌子，從桌面拿起張紙遞過來：「這個男人，這一陣子跟我的老公走得很近，說是有大好的商機，妳有空就幫我查下。」

窺視——人間煙火吉隆坡

從電腦上列印下來的，是個中年男人的相片，還有姓名地址與電話。「行！拿汀吩咐的，照做。」我嘻皮笑臉，獻殷勤地接過那紙張：「還有什麼嗎？沒事，我可要走了。我的那個老總陳大呆還在等我去開會呢。」

這就是件有買就要有送的交易。

「別忙，」她從抽屜拿出個信封：「這是她給的第一期開銷費用。」

我不會客氣，伸手接過，放進我的記者皮包裡。

我並不想回到辦公室，更不想看見陳大呆的那張「鳥」臉，還有他那把沙啞的聲音，以及總是忙得焦頭爛額的形象。

我坐在車子裡，向陳大呆的手機呼喊：「老總，我還在日升電子的辦公室裡。丹斯里張還沒從銀行回來。他的太太是要我等他，說是她老公今天下午有段空閒的時間可以見面。我是要想回去見你們的，總不能讓陳振華他們一直在等我，你說對不對？我是想跟他換個日子好呢，還是現在就趕回去？」我說得真誠又惶恐又真摯，嘴角卻是泛著嘲諷的笑意。

窺視

陳大呆怔住了，靜默了會兒，才又浮躁又陰鬱地說：「妳還是留在那邊等吧。我叫陳振華他們就不等妳了。那個姓宋的醜聞案，我讓他們去跟就是了。」

　　「這可是你說的。我不知道要花多少時間，很可能我今天是不能回辦公室開會了。」

　　「好吧。但妳一定要在下一期內把專訪弄出來。」

　　「遵命！老闆！」我說得又大聲又激昂，可以想像陳大呆一定會在電話線那頭罵道：「這瘋女，一定是月經來潮。」

　　我在手機上又鍵入另一個號碼，就有道很性感的聲音流淌出來：「嗨，是妳。」

　　我就是不明白我自己。每當我覺得我是煩透又躁鬱時，聽到林厚生的聲音就會讓我感到全身潤濕。

　　我二十八歲。用我媽的一句話就能概述了我：都二十八了，還能吊得起高價嗎？

　　看我的一身衣著與行為，我會理解我媽的憂慮與疑惑。我媽總罵我：「沒個女人樣，男人婆。」

窺視——人間煙火吉隆坡

我知道我外表與行為是有些中性化，我也喜歡幻想著自己要是個男的。這並不表示我是畸型變態或心理有問題。我身體上的女性結構與生理現象是完整無缺。用男人粗糙的語言來說，彈跳起來還能波濤洶湧。

　　在正確的時間，恰當的地點與溫馨的環境，聽到林厚生他那雄性的喉音，坦白說，我還是會有潤濕而又躁動的感覺。

　　「出來嗎？想見你。」我壓低嗓音，嘗試以溫柔語調說。

　　「已出來了，但忙，在客戶的辦公室。」

　　「那忙你的吧。」我即時駁回，並關了手機。

　　如果林厚生沒有見我的意願，我可不願意拿熱呼呼的臉皮往他冷冰冰的屁股貼。

　　我不相信他是在客戶那裡。他是某家洋行的市場副經理。幹了近十年，成績是中等以上。前陣子，洋行的市場經理因癌症去世，位置空了出來。論成績論資歷，他應該是接替這職位的當然人選，卻被上頭以落實國家經濟政策的理由而把他給卡住了。這一個月來，每天早上他只是到辦公室露露面，午餐後就

窺視

以會見客戶為理由外出，其實是整個下午就沉浸在孟沙區某個酒廊的啤酒裡。

我坐在車子裡，那股既陰鬱又壓抑又黏糊又潤濕的悶氣梗在心窩裡。我大聲地罵了聲：「他媽的。」我還是控制不了自己，在手機上鍵入林厚生的手機號碼：「說，今晚，在你家還是在我家？」

林厚生靜默了會兒：「到我家吧！」他的聲音又濃又稠又膩又臊。他明白我的意思。我似乎又聞到他房間裡那股怪異黏稠而又淫穢的氣息。

這偽君子，他老婆沒跟他住在吉隆坡，他是個每個星期都要回關丹向老婆述職交差的可憐的男人。就是他這種男人，可能會為了跟我今晚的約會而去購買藍色的小丸子。

我看下手錶，才三點。我把車子一轉，就往怡保路馳去。

工作還是要幹的。我想我還是找日升電子的丹斯里張碰下運氣才是正經事。要是見不到他，就只好見見他的太太李秋萍，為我的那篇專訪搜集資料，也好明天面對陳大呆時，有個交代。

窺視——人間煙火吉隆坡

誰叫我每個月要付房貸，要付車貸，要喝酒，要吃飯，要扮靚。

我禁不住大聲地喊一聲：「你媽的，陳大呆！」然後我就大聲大叫地在車子裡唱起遊鴻明的《讓我取暖》。

3.

晚上九點，我已經在蒲種區附近的「情緣」娛樂廳的酒廊內高腳凳上喝著啤酒。

酒廊內彩燈朦朧幽暗，徐緩低迷的輕音樂微風一般地在彩燈裡飄渺穿行，直往人心裡滲浸。幾個穿著鮮豔絢麗而又性感的小龍女聚集在內部的角落，細聲低語在調侃，時不時還抬起眼向廳堂探望。除了兩個在另一個角落密談的男人，就只有我這個靠在吧櫃邊猛灌悶酒的女人。輕音樂在清涼的空氣裡四處流泛。

柯淑慧說她在九點半才能抵達。我已進來一陣子了，就是還沒看到王女士給我的相片中的女人。前一陣子我曾經來過這家娛樂廳。我就不知道這裡有中國女孩子，所以當我看到那紙片上寫

窺視

著這娛樂廳的名字時，我當時還感到疑惑不解。這間娛樂廳除了酒廊，旁邊是個卡拉OK的大廳，附帶著幾間唱歌的，讓人滋長不盡聯想的廂房。酒廊後頭是個桌球台的廳堂。這裡的顧客群是一般的白領男女，還算蠻高尚的。進駐小龍女，應該是不久前的事吧。

我是倒足了霉運。從昨天下午開始，霉運就接三連四地降臨我身上。

我抵達日升電子的大廈時，接待處的女孩子告訴我說丹斯里張跟夫人早上隨著我國首相率領的商業代表團到中國訪問，並出席在北京舉行的慶祝馬中建交三十周年紀念的宴會去了。我當時就像是洩了氣的球，走出玻璃大門時，那股熾熱得幾乎要冒煙了的烈陽差點把我擊倒在地。這是第一擊。

我當時就直接回家。心中還有點樂滋滋地幻想著晚上跟林厚生的激烈戰事，不禁雙頰泛起紅潮。回到家，就看到信箱內信用卡銀行的來信，說是借貸額被刷爆了，除非及時進款，否則就得暫時停用。這是第二擊。我下一次的出糧，還是兩個星期後的事。

窺視——人間煙火吉隆坡

我想小睡一陣子，卻總不能成眠。九點鐘時就到林厚生家去。這才知道他已被公司辭退，在人才市場上已經整整流蕩了三個星期，還不敢讓他家中的女人知道。

無論我多方安慰，多方撩撥，他就是萎靡不振，一臉頹廢，焦頭爛額，心力交瘁的樣子，就這樣，他竟然不能勃起。

這是第三擊。十時不到，我就破門而出，直奔回家。

這一打擊最是沉重，讓我整夜不能成眠，真想找些紅豆來粒粒細數，以度漫漫長夜。

早上一抵達出版社，就被請進了陳大呆的辦公室，他的桌面上就攤放著今天的報紙，版面就是張首相在登機前在吉隆坡國際機場大廳與商業團代表的合照，丹斯里張跟他的夫人就站在首相的後左方。

陳大呆陰沉著臉：「大姐，請給我一個解釋！」

他稱呼我大姐，就是說，他尊我是週刊的當紅特約作者，我也該尊重他是坐在總編輯位子上的要人。

這又是四擊。

窺視

我幾乎開不了口。我只能嘻皮笑臉地說：「我是有去了日升電子，日升的接待小姐可以給我作證。」

　　「我不是大呆。昨天早上，妳就跟我說你到日升等他，下午我跟妳聯絡時，妳還說妳還在那裡等，妳還問我還要不要等他，或是改個日期。請告訴我，妳是幾點抵達日升？」

　　看他還沒跟我大聲叱喝，我想還是息事寧人。陳大呆這人吃軟不吃硬。

　　我只能認了地低聲下氣：「我是下午才那裡。到那裡後我才知道丹斯里他們跟首相去了中國。」其實，陳大呆也沒高明到那裡去。作為一家雙週刊的總編輯，竟然不知道是什麼人什麼時候會陪著首相出訪，可見他也是在暗井裡的青蛙。「早上我是去見了另一位朋友，他帶我去訪問另一宗家庭暴力案的主角。我不知是否能弄出個系列追蹤報導，所以就跟你說我去了日升電子。」

　　我知道我在這家週刊裡的重量。陳大呆是會見好就收的，追究起來也追究不出什麼。但他還是很氣憤，那雙狗眼狠狠地瞪了我一眼，說：「妳今天不要出門，給我弄篇稿子。」

027

窺視——人間煙火吉隆坡

我不出門。我昏天地暗地搞了個下午，七千字的專訪，再加上七八張照片。丟在陳大呆的桌面時，他還來不及反應，我已拉開玻璃門離去。

　　我是又疲憊又鬱悶，吃過晚餐後，我就直赴「情緣」。我給柯淑慧去了電話，還約了小狗，還有亞強。

　　小狗這名字是他不在場時我叫的，現在我們都叫他佐尼葉。他的身份是某家外國銀行的財務分析員，與亞強跟我都是在家鄉時一起長大的玩伴。亞強表面上是冷氣裝配承包商，其實兼做地下錢莊，兩門生意都搞得還不錯，只是去年被戴了綠帽子，年頭才離了婚。我上酒廊缺乏喝酒伴侶時，總是會拉上他倆，今晚我還要他們給我辦件事。

　　我來回在酒廊內巡視，沒看到那個女人。我到廁所，卡拉OK及後面桌球場巡視了一趟，是有幾個小龍女，還有幾個本地的貨色，就是沒看到那女的。

　　我給王女士打了個電話，她說就是那地方，可能時間還早，她還沒上班。這時角落暗處，那兩個男人中的一個已經移過來並

窺視

坐在一起。我斜著眼瞅著，他倆的頭緊緊攏靠，四支手都在對方的身上蠕動。

　　這時，一位身材婀娜，窈窕苗條，濃妝豔抹的嬌媚女子走進酒廊，徑直走到櫃檯內去。是那女人。我瞥了一眼，高聳的胸脯又讓我多瞅一眼。我到酒廊的門口一轉，外面是多了一輛紅色的豐田。我把酒杯拿著在套沙發上坐下。在玻璃門內，我看到小狗與亞強的車子同時進了停車場。

　　這兩個男人的興致還不錯，都還帶著歡暢的心情，愉快地在我的面前坐下，而且不到一分鐘，兩人的視線都已搜索到後面的小龍女了。我是見怪不怪，他們都是生理健康的男人，又是我的好兄弟，我是能理解體諒。

　　佐尼葉還是那白領的派頭，長袖襯衫，配上副金框眼鏡，還頗有專業人才的韻味。亞強散發著一種粗糙男人特質的體味，嗅著就感到舒暢。啤酒送上桌面，他倆就口沫橫飛說起近期市面上流行的話題與流言。大家雖然是暢快地閒聊，但兩人的眼光總是不安份，目光炯炯到處巡視。那幾個小龍女還守行規，因為我這個女人的坐鎮而按兵不動。

窺視——人間煙火吉隆坡

我說：「佐尼，怎麼『情緣』這陣子都被小龍女佔領了。」

　　佐尼葉對我從不隱瞞他的真性子，早年就曾向我告解過他的慾海生涯。他向櫃檯瞅了一眼：「妹頭，妳有半年沒來『情緣』吧。幾個月前『情緣』就開始這種生意了。」

　　「學院妹，跑江湖的，旅遊的，短期或包月，都有。」亞強也接過口。

　　「難怪這陣子沒聽說你倆到中國出差了。」我曾經以兄弟般的胸襟跟他們說要是我是個男的，我也會跟隨他們，我跟他們說過，我瞭解男人饞腥的心理。「佐尼，你幫我探探下，那女的，賣不賣？」我向酒櫃裡頭的女人呶了呶嘴。

　　佐尼狡黠地（眼睛閃爍著一絲嘲弄的眼神）向我微笑，起身向那幾位小龍女走去。

　　看他跟幾個女的有說有笑，很是熟悉和親熱，我說：「亞強，你們都來過了？」

　　「四百塊沒得找。」亞強呷了口啤酒：「消費與質量不平衡。」

窺視

這時，佐尼葉走回來，淫笑著說：「她叫紫燕。是老闆娘，不會賣的。有人包了，出了錢，讓她承包這裡的生意。」

　　「蠻不錯的，這女人。夠味。」坦白說，這女人，我順眼。這時我看見柯淑慧走了進來，連忙聲明：「我介紹個小妹，你們都不可亂動壞念頭，她是我的。」

　　這兩個男的心領神會對視而笑。

　　這場啤酒集會還是以掃興為結束。都是柯淑慧這小妮子，太矜持太矯揉太造作太純潔太樸素太靦腆太他媽的太嬌嫩了。她不能接受我與這兩位男士間坦率而又顯露睿智與時髦的談話，她也受不了我那豪爽朗朗的笑聲，還有我與這兩位男人共同的、心領神會無法言喻的話題，及那有十幾年來兄姐情誼、心照不宣的回憶。她總是在桌面下扯我的手或衣角，埋怨我說得太粗魯，或是笑聲太放肆了，太讓人注目了。這更激發我的性子，讓我更是肆無忌憚地開著黃色玩笑。

　　每隔一陣子。柯淑慧就會催著我結賬，說是酒喝多了，不好開車回家。

窺視——人間煙火吉隆坡

我說我的舌頭還沒發麻，就是還沒喝夠，妳讓我舔舔看，說著我就抱著她的頭往她的面頰上舔，引來兩位男士的大聲嚎笑，連聲叫好。

　　這段時間內，酒廊的客人多了起來，還有幾個小龍女不知從那裡飄了出來。過了一陣子，男的女的一對對就消失不見了。

　　我喝得肚子發漲，上了廁所回來，看看桌面的酒瓶都有十來支了，就叫人來結賬。

　　我說：「散了，散了。」柯淑慧管得我很嚴厲，這讓我在小狗和亞強前沒面子，老是讓他們有揶揄的話題。我決定要冷落她柯淑慧一段時間。

　　回到寓室不久，就有人敲門。是亞強。

　　我說：「你不是回家了嗎？」

　　「我是要到家了，可是想想，妹頭妳定是受了什麼打擊，心裡才不好受，才喝得那麼苦澀兮兮的，那麼淒慘。我想我還是來看看妳，搞不好妳自殺了怎麼辦？」亞強有個讓人疼惜的好處：心細如毛。

窺視

「他媽的，今晚就睡這裡吧！」我瞅了他一眼。

他淫蕩地盯著我邪惡地微笑。

那晚我倆都不好受，滿肚子裝著啤酒，稍微折騰，稍微繾綣，還沒盡興，又要下床趕進廁所。

4.

第二天晚上，我的車子停在「情緣」的對街暗影裡，直到凌晨兩點「情緣」打烊後，我才尾隨著她那紅色豐田，確定了她在新街場附近的住宅。

接著下來的幾天等候與跟蹤，發現她除了晚上到「情緣」上下班外，白天都很少出門。除了上過一次超市購買生活用品，她都留在家裡，典型的被人包養的女人的生活。

我用出版社配置給我的長距離攝影機，從我的車座上，替她拍攝了一些特寫的鏡頭照。這女人明眸皓齒，端正秀美，風姿綽約，是個令人揪肺回腸的美人。我覺得王女士敗得不冤。

窺視——人間煙火吉隆坡

第四天的下午，我尾隨她到燕美路的家酒店。趕到酒店大堂時，正好看到她單身一人走進電梯上樓去。我手握著小型的數位相機守在大堂的咖啡座，兩個小時後，我看到王女士給我的相片裡的男人從電梯間走出，悄然離去。二十分鐘後，紫燕明淨透亮，嬌俏嫵媚地在我眼前走過。當然，我都悄悄地為他倆個別拍攝了一些有標明時間與日期的照片。

　　我快步尾隨紫燕走出酒店大堂時，眼角卻瞥見丹斯里張正好也從電梯裡輕快地走出來。

　　在跟隨那女人的回家的路途上，我又再想起丹斯里張。這人已經回來了，我那天向陳大呆拍胸膛答應的專訪卻不曾在我的腦海裡浮現過。我想如果紫燕是直接回家去，到了她那裡後，那我就循規蹈矩地回到辦公室，至少也得搜集些資料，向我每個月領到手的薪水盡點義務與報效之責。

　　近幾個月的運氣很差，不論是證券交易會上的主板還是二板，不論是藍籌股還是投機股，只要我進入股市，所有的投入就會被卡住被套綁，動彈不得。一個月前進場的「利得多」卡住了

窺視

我僅有的上萬元的資金，價格總是在那裡左右搖晃，離我進場時還低。我再三提醒自己，下次見到丹斯里張時，記得要向他探索下門路竅門。

過後，我順利地回到辦公室，陳大呆也對我的忠誠報到致以注目禮，我也在他窺視的眼光下拿著電話筒：「日升電子，我是××週刊的記者，丹斯里張在嗎？」

我等了一陣子，電話線似乎轉了幾圈，我終於聽到他的聲音。我說：「丹斯里，我是××週刊的姬絲汀，想找你做個專訪？」

「姬絲汀？喔，妳還是跟我的秘書談吧。」他的聲音顯露著不耐煩，「我的秘書會替妳安排時間。」

跟這種大老闆做專訪的事，要是通過秘書的安排，不知要等到哪年哪月，更別說是獨家的專訪了，我連忙接口說：「丹斯里，我是孫敏晶，是孫敏心的妹妹，還記得嗎，那個姬絲汀？」姬絲汀是我的洋名。在吉隆坡市面上走動的年輕人，不分男女，缺了個洋名就像是缺了層皮沒了張臉。

我不得不抬起我姐姐的牌子。我姐姐跟他的太太是同學密友，通過姐姐的關係，我曾到過丹斯里的家，也跟他見過幾次

窺視──人間煙火吉隆坡

面，替他發過不下三次的報導，所以對我還有印象與好感，每次見面也還蠻熱情地自動跟我打招呼。

經我這麼一提，他即時接口說：「啊，是妳，姬絲汀，好啊，我正想找妳。這樣吧，我把妳轉給我的秘書，她會給妳安排時間。」

我抬頭，正好瞥見陳大呆在我身邊走過，我說：「好的。謝謝你，丹斯里。」

5.

柯淑慧來找我。

我已經有兩個星期多沒聯繫她。那晚在「情緣」酒廊見面之後，我突然就對她產生厭倦的感覺。她不是那種女孩子。她是那種小家碧玉型，二十歲以後，找個好男人，好好地戀愛一番，然後結婚，然後就生孩子，然後就卑躬屈膝地當個賢妻良母過一世人的女孩子。

從電話線傳過來她的聲音，像是從陰間吹噓過來，幽逸飄

窺視

渺，沒有生氣：「晶姐，我來妳家，妳等我。」

「來吧。」我說。

幾天前，王女士來了個電話，說她的丈夫兩天後要出差到新加坡，她已從丈夫的秘書處得到航班資料，問我是否能跟蹤他到新加坡一趟。我說我只要調整下我的日程，是可以擺脫陳大呆的追查。於是她就給我弄了張機票，並劃了一筆開支費到我的銀行戶口。我在新加坡跟蹤了兩天。紫燕果然是上同一班機，只是在不同的時間抵達機場，出了新加坡機場後兩人才走在一起，搭乘計程車離去。當然，我是早一步先出了機場，在另一輛計程車內候著，他們一走出機場大門，就讓我尾隨著了。

我也住進他們住宿的酒店，並整天坐在酒店大堂旁的咖啡座守候著。從我坐著的位置，我能監視到電梯間與大堂的大門。第一天，他們倆都沒出門，一直到晚上，他們才手牽著手到附近的間餐館進晚餐，餐後直接回到酒店，就沒再看到他們外出。

第二天下午，他倆到烏節路的幾家商場逛，購買了一些衣物服飾皮革。回到酒店後，又是通宵留在房內。

窺視——人間煙火吉隆坡

第三天早上，兩人就前往機場回吉隆坡。因為我早就知道他們回程的班機，所以我比他倆還要早到候機室守候，並為他倆一前一後進入候機室時的實景拍照留影。

我的數位攝影機備有足夠的記憶卡，所以他倆這兩天在新加坡的一舉一動，都被我的攝影機捕獲了，當然，我說是他們在戶外的行動，至於在房間內的實景，就只能靠想像去幻想了。

這些證據已足夠讓我向王女士交差。我已約定在第二天跟她見面。

就在我正在忙著從電腦的硬碟內把影像燒錄到光碟時，柯淑慧來了電話。我只對著電話筒喊道：「來吧。」

柯淑慧抵達後，就一把淚水一把鼻涕地傾洩她那既苦澀又壓抑的悲壯戀情。我不想在此重複她的敘述，反正是一句話，她被甩了。江錫輝提出要跟她分手，而且還準備辭職，為了那個廣州的女孩子，他要到中國去打天下。三年的感情啊……她悲慟地長吁短歎。

三年的感情又怎樣，他媽的！我心裡在譏誚。在感情世界裡，實行的就是弱肉強食的森林原則，這是既實在又殘酷的事

窺視

實。輸了，怪得了誰？我又不禁在心裡暗罵：叫妳媽給妳說媒嫁人算了。現在的都市愛情，對她這種女孩子，是太奢侈了，她玩不起。

但我還是體恤關懷地把她擁抱在胸脯前，柔情萬千地撫摸她的長髮，親吻舔舐著她的額頭她的耳垂，信誓旦旦地說我會找江錫輝，討個公道。其實，我在享受的是把她擁在懷裡的那股潤濕的暖意與溫存。

我還想留她在我這裡過夜，但可能在撫慰她的過程中我有些過於激進的動作，讓她有所警覺，她於是侷促不安地告辭離去了。

柯淑慧跟我在情和欲的處理上，是兩個截然不同的極端。

那個晚上我在林厚生那裡敗興而歸，兩天後，他就來過電話。他的音調委婉而又猥瑣：「來啊，來我這裡。PLEASE，PLEASE，來我這裡。」我從電話線裡都能感覺到他那淫穢的眼光，唾液欲滴的狗樣。

去他那裡，就表示我有所求，我不能拒絕，我像一條狗，自動送上門。

窺視——人間煙火吉隆坡

他來我這裡，就是說如果我不願意，我可以當他是條狗，一腳踹下床，二腳踢出門去。

當時我的心情正亮麗得玲瓏剔透，清純淨潔。我剛為北馬的一間尼姑庵的主持人做了個專訪，寫了一篇莊重肅穆嚴謹的報導。

我當時就一口頂回去：「這陣子，老娘不稀罕！」

柯淑慧剛離去，我的手機就響起。我看了手機的號碼，就把手機關了。剛走了一個，我實在不想再聽到另一個的聲音。

家裡的電話響起：「晶姐，妳別掛我的電話，我有緊急的事要找妳。」江錫輝凝重渾沉的聲音從電話筒傳出。

「我不是關了我的手機嗎，你這人真他媽的……」我心中有氣，煩躁得想拔斷電話線：「柯淑慧剛離去。你們真煩。」

「我想現在見妳？」

「現在？都近十一點了？」

「我明天就要走了。我今晚一定要見到妳。」

「不是說你三天後才去那邊嗎？我們明天下午見面也不遲。」剛才柯淑慧打擾了我燒錄光碟的進程，如果能推，我是想推掉，我可以想像他會編出什麼樣的故事來為自己開脫。

窺視

「不行。我明天下午就回大山腳。後天我就從檳城經曼谷飛廣州了。今晚如果沒見到妳，就沒機會了。」

「那你說呢？」

「妳出來。二十分鐘後，在星巴克咖啡座見面。」

「媽的，算我前世欠你們的。」我把電話摔下，在電腦桌子下扯出我的牛仔褲套上。

6.

星巴克的椅子擺到大路的人行道上。

晚上星光皎潔，清風掠過，路邊的遮陽樹枝葉婆娑，樹影搖晃。月亮出來了，光輝如水，清新皓潔，空氣中飄泛著濃稠的咖啡香。

我不吭一聲，凝重陰沉地望向馬路的盡頭。江錫輝就坐在我對面，桌面上是兩杯香氣盤繞的咖啡。是他約我出來的，他應該主動開口。

窺視——人間煙火吉隆坡

他有些拘謹，有些羞澀靦腆。他終於也為自己的行為作了
辯解：

　　晶姐，我知道是我負了柯淑慧，都三年多了，離開
她是我的錯。

　　是的。感情的事，誰又能說誰是誰非。不錯，我跟
廣州那女孩認識才幾個月，但我是控制不了自己的感情。

　　我辭職了。我相信我能在廣州找到份工作，或是做
生意。我有我的打算我的計畫。

　　我怎麼會被騙？我又不是個沒見過世面的人。

　　即使被騙，我也只能認了。

　　妳說的對，廣州是個大都市，女孩子的愛情觀跟我
們的不一樣。這我已經有心理的準備，我也會調整我自
己去適應大都市的感情世界。如果我要接受她，我就會
調整自己的心態。

　　我跟她上過床。我可以接受她，包括她以前發生的
事。處男與處女這種事，對我來說已經不是重要了。

窺視

我跟柯淑慧，從來沒有過。我們親熱，但我們沒有。真的，我可以發誓。

　　這不牽涉到性的問題。

　　如果單單是為了性，我在吉隆坡，在合艾，在柔佛巴魯，都能輕易地花錢買到滿足。

　　妳知道的，性，在這個城市，並不是很昂貴，也不是件很奢華的事。

　　我知道柯淑慧會為了我而可以跟我做愛，但這並不是一切。我說了，這與性無關。我要再三強調，我離開柯淑慧，跟性無關。

　　她就是那種能讓你放棄一切的女人。她是個女人，真正的女人。

　　妳不要這樣凶巴巴地瞪著我，我又不是說妳。

　　妳不會明白我的感覺，我的感受。妳不是我。

　　我放棄我的工作，離開我的父母，我就是離不開她。

　　請妳幫我向她解釋，晶姐。她是個好女孩，她會找到更適合她的男人。

窺視——人間煙火吉隆坡

他沉默了，像個苦行僧，僵硬地坐著。夜色明亮皓潔，他的臉色卻是晦暗苦澀。

我說：「你先走吧。」

我看著他的身影在街頭逐漸遠去，清風掠過，我感覺到面頰的點涼意。我可以想像，有兩道晶瑩剔透的淚水，正在我的眼角滑落。

我不能肯定我是了為江錫輝的悲情，還是為了柯淑慧的失落，或是為我自己的無奈而心疼。

7.

我約了王女士在林美娣的辦公室見面。抵達時，她公司的接待員就笑吟吟地對我說拿汀林已經交代了，讓我與王女士用她的辦公室。拿汀林有個約會，下午二點前是不會回來。

我在林美娣的辦公室內才一落座，穿著淺藍色樸素套裝，輕妝淡抹的王女士就走了進來。

坐定後，我打開筆記電腦，讓她觀了看我這些日子尾隨著紫

窺視

燕時拍下來的相片。她面無表情，只是緊皺著兩道濃眉，不吭一聲地隨著我的講解看完整套的影像。她表現得很鎮定，既不顯得悲憤，也不驚惶，她很淡定地沉默著。

我是有些憐憫地望著她：「我已燒錄了個光碟，可以當作證據。」我從手提包拿出光碟遞給她。

她凝然不動地盯著我一會兒，把光碟推回給我：「姬絲汀，妳收著。」

她又沉默不語地靜坐著。

「王女士，我只能做到這些。我不能潛進他們的寢室。不知道這些資料是否足夠讓妳向他提出控訴？」

她疑惑不解地望過來：「誰說我要控訴他。姬絲汀，妳太年輕了，生活不是這樣的。」

那妳要幹什麼？我心中想著。就這樣不聲不響地忍辱負重，算了？

「這些就夠了。這些就讓我看清了現實。我想我還是給他一個機會。怎麼說，他即使不是個好丈夫，他還是個好父親。我要給他有回頭的機會。」

窺視──人間煙火吉隆坡

她閉上雙眼，倚靠在沙發上想了一陣子，睜開雙眼慈祥地微笑：「姬絲汀，跟蹤的事就到此為止。上次我給了妳他的電子郵件的地址，妳幫我給他寄發四張匿名的相片，妳的工作就算暫時結束了，以後如果我需要妳的協助，我會聯絡妳。我要給他一個反省的機會。我不會讓他知道我已掌握這些證據，但我想讓他知道已經有人知道他們的秘密。只要他能知錯能改，我會假裝這件事從沒發生過。我還有一個家要維護。」

　　「妳是說要我寄發匿名的郵件給他？」這不是我能預想到的結果。

　　「是的，我相信不會追查到妳吧。我不想多一個人知道這件事。我會補貼妳的。」王女士站了起來：「這件事就到這裡結束了。我會讓拿汀林跟妳結算下。謝謝妳，姬絲汀，妳只需幫我透過電子郵件寄四張相片給他就行了。」說著，她就回身離去。

　　在我回到週刊辦公室前，我到街道上的一家網咖，進入雅虎網，申請了個電子郵件的帳號，鍵入他的電子郵件地址，並在四

窺視

張相片下各自鍵入文檔名：「懸崖勒馬」、「STOP」、「回頭是岸」、「醒醒」。

滑鼠的游標移向「發送」欄，單擊鍵入。

8.

辦公室的氣氛很散漫，幾位記者與攝影師都不見蹤影，剩下的內勤女職員都放下手頭的工作，沒精打采，懶洋洋地倚在桌前。我一走進來，她們有的向我眨眼，有的裝著張開嘴巴一張一合地喘著氣，臉上卻泛浮著狡黠的笑意。我知道，辦公室的空氣調節系統子出了毛病。我走到自己辦公桌的角落，剛在電腦前坐下，就看到陳大呆擺晃著身子朝我的方向走來。陳大呆的雙眼一定是一直盯在大門處守著，我一進辦公室，他就即刻醒覺過來。我可以想像他那雙似乎是捕捉到小偷時愜意的眼光，但他會造作一番，拖延下時間，然後就會向我撲來。終究，他已有兩天沒在辦公室裡看到我了。當初他聘用我時，說好每天我都得向他報告工作的進度。

窺視——人間煙火吉隆坡

我見他走近來，就從附近拉來張椅子，示意他坐下，我輕鬆地說：「怎麼，冷氣機又出了問題？」

　　「也就是說，妳已有四十八個小時沒到辦公室了。」他一臉凝重渾沉，像是有巨大的冤屈：「丹斯里張的專訪，我們能不能趕在下一期出版？還有妳的那篇家庭暴力稿子？」

　　我打開我的背包，故意在他面前搜索一番，然後歎了口氣：「老總，我是想回來這裡，好好趕下稿子，你看冷氣機又不能用，這樣吧，你都看到我已回到辦公室報到了，不如你就讓我回家，我答應你，這兩篇稿子會如期交給你就是。」

　　辦公室的悶熱凝滯，讓我委靡煩躁，腦海中是家裡涼爽清淨的空間。我抬頭環顧一番，幾個男同事都不見蹤影：「老總，他們都出去了啊。」我靜默地四處張望，低頭瞄了他一眼，笑眯眯地說：「我是已跟丹斯里張約定好，他明天下午肯定會見我。他的秘書已經跟我確認了時間。」

　　他不接我的話題，自顧自地說：「這段日子街道上攫奪女人背包手包的案件越來越嚴重，我想就從柔佛巴魯那件出人命的案

窺視

子做起，我們來個一系列的連續報導，妳這幾天就開始準備，我跟陳振華說了，讓他跟妳到柔佛巴魯跑一趟。」陳大呆還是目光灼灼地瞪著我：「我的意思是說，除了南部的柔佛巴魯，我還打算讓你們到北部的檳城去搜集資料。那裡也發生過好幾宗在街道上攫奪背包的案件。這一次，妳不要再推三拖四的。我們週刊在北部的銷售額連續幾個月都在跌，我們要在北部多做一些工作才行。」

「好啊，好啊。」我站了起來，拎起我的背包，嘻皮笑臉地說：「老總，反正辦公室沒有冷氣，我還是出去外面聯繫聯繫。」

其實，任何人都知道記者的工作就是要在市面上悠來蕩去，老待在辦公室的就是在偷懶。陳大呆緊盯著我們，是他的人力資源管理不善、工作的進度信心不足、在辦公室待得發黴與心虛而導致的心理反彈。他曾跟管財務的林小姐說他常常發噩夢，總是夢到週刊總是脫期，要不就是印刷廠來電話追稿，印刷機要開動了。

049

窺視──人間煙火吉隆坡

我從辦公桌間揚長走過，走到一半時，腹腔內一陣搐動。我站定，斜側著身子，放了一聲響屁，幾個女孩子望過來，都掩住嘴竊笑，陳大呆站直身子，癡呆似地朝我這裡望過來。

　　9.

　　在市面上跑了幾年的新聞報導與商界名流專訪，我隱約間感覺到一批曾經在台灣留過學的商人在我國華人的社團裡儼然是另一股凝聚力。這批五六十年代到台灣讀過書留過學的商人，在八九十年代台灣經濟快速膨脹，台商大舉南下擴展海外投資時獲得不小的商機。日升電子的丹斯里張就是典型靠著台資建立起數位電子基業的例子。

　　跟丹斯里張這種人聊天，最好的話題是從台灣當前的政治形勢談起。

　　丹斯里張近年來跟隨著當年一起在馬來西亞拚搏的台灣同學一起把工廠移到中國內地後，生意越做越廣，經濟效益像雪球般越滾越龐大。在大陸獲得了巨大的經濟效益與拓展，讓他對近幾

窺視

年來的台灣政治局勢，有了越來越看不順眼，越來越不耐煩的心態。台灣他少去了，大部份的時間都在大陸上空盤旋。他就曾笑談說他身體內的「台商」基因少了，「華商」的份量重了。在大庭廣眾前，譏誚、諷刺、嘲笑、揶揄、謾罵，就是他近期對台灣政壇的評論姿態。例如2004年3月20日的台灣總統直選才落幕不久，3月19日下午的槍擊案又給世人帶來魔幻式的想像空間，要跟丹斯里張聊到投機處，最好就是從這些課題開始。

我離開出版社後，就直接回家。

為了第二天對丹斯里張的專訪備功課，我得好好觀賞下晚間7點鐘TVBS電視台李豔秋小姐主持的《新聞夜總會》。

《新聞夜總會》對台灣政治素質的鞭撻，總是令人忍俊不禁，會心微笑不已。那些揶揄譏誚的語言，讓人在稱快之餘，也不禁為那些政治人物搖頭歎息。這是個既能益智、又能洩憤及賞心悅目的節目。

好幾次，在我觀賞這個節目後，跟一些商業界人士笑談這方面的資訊時，竟然獲得他們刮目相看的效果，而且大家都能因此而談得很投機，也笑得很暢快很開心。

051

窺視——人間煙火吉隆坡

至少，他們不會認為我是純種的八卦新聞記者，多少有些視野，獨自的見解與判斷力。

　　在我的專訪策略上，我就想針對當前台灣的政治趨勢與未來發展的和平空間，引導丹斯里張暢談未來兩岸經濟發展，並從而涉及我國未來經貿的走向這類課題，作為我這系列專訪的主軸。

　　《新聞夜總會》會提供適合讓丹斯里張謾罵嘲諷的資料。

　　這一期《新聞夜總會》談的是六千億台幣的軍購費，肯定能讓丹斯里張淋漓盡致地發揮他對台灣政治困境的獨到見解。據我近期的觀察，我國的絕大部份的華商對丹斯里張那種揶揄譏諷的言論表示讚賞與認可。這或者能多少顯示出我國華人在兩岸統獨之間所持的姿態。

　　正當我沉浸在李豔秋的嘲諷笑聲中，佐尼葉的電話頓時讓我心煩氣躁起來。

　　他說亞強要出事了，要我無論如何，都要到孟沙附近的間酒廊跟他見面。自從那晚亞強在我家折騰了一夜後，都近兩個月了，亞強都沒聯繫過我。就說這剛打電話過來的佐尼葉吧，那晚

窺視

「情緣」酒廊共飲後，就人間蒸發，直到剛才來了電話，才算是魂魄回到吉隆坡的空間了。我的這位朋友亞強，並不是一般人物，他沒招惹人家，是人家的福氣，所以佐尼葉說亞強要出事了，我才不會心急。我對佐尼葉說今晚我沒有外出的心情，要嘛他上我家找我，要嘛我明天傍晚跟他見面。亞強表面上是做冷氣裝配的生意，暗地裡搞的是地下金融事業，手下有一批人馬，在吉隆坡市面上，還是有點地位的。要是他要出事了，我也幫不了忙，操心也沒用。

佐尼葉罵了聲：「Shit，我來妳家，妳等我。」

剛放下的手機又響起。是林美娣，那位拿汀。那天她轉了一筆王女士的錢到我的銀行戶口後，就叮囑我要抓緊時間。我當時還沒會過意，她竟然口氣僵硬地說：「阿晶，妳怎麼可以忘了我對妳的委託，我先生的那位朋友妳怎麼還沒替我查一查。」

當時我才嘔了一聲後連說：「記得，記得。」

林美娣要我調查那個最近跟她的丈夫走得很近的男人。這是我在接手王女士的任務時，林美娣附帶要我辦的事，我一直沒把

窺視——人間煙火吉隆坡

它放在心上。王女士的任務已告一段落，錢我也收了，就是沒給拿汀林一個總結，難怪她會不高興。過後幾天來，我跟蹤過那男人，也調查及探詢過他的背景，只是還沒向林美娣做個報告。林美娣這個電話，肯定是為這事而來。

林美娣的聲音似乎從遙遠的曠野傳來，乾燥尖銳而又惶恐：「我說阿晶，那個男人的事妳就別做了。妳怎麼那樣不小心？老鄭剛才罵了我，說一定是我派妳去調查他的。我當然是否認了。老鄭說昨天他去那男人的辦公室時，正好看到妳在附近探頭探腦，還帶了攝影機。我怎能認了？老鄭還是懷疑我在搞鬼。這件事妳就暫時停止，別幹了。」

老鄭就是林美娣的丈夫拿督鄭。前天我到那男人的住家附近，本來是想跟蹤他的。那知正巧有輛寶馬在對街停下，從車子內出來的拿督鄭正好跟背著攝影機站在對面街的我對上眼，當時他還微笑著跟我擺手打了個招呼。當時我也沒在意，就當是正巧路過該地，所以還回應了他，接著即時離開。我確實是沒想到他會聯想到我在跟蹤他的朋友。

窺視

「拿督鄭怎麼會想到我在跟蹤他的朋友？我只不過是正巧路過那裡。是他在疑神疑鬼。」我慰藉著林美娣：「總不能說我路過那個地方，就是在窺探他的朋友。是不是他自己心中有鬼？」

「總之，老鄭是知道我曾經要妳幫我做過的那些事，所以他剛才警告了我，要妳遠離些，不然他的朋友可能會給妳好看。」

「怎麼拿督鄭會這樣說話。我又沒幹了什麼錯事。」我歎了口氣：「我是打探到那男人的一些資料，妳是不是還想知道？」

「我遲些會再聯絡妳。妳暫時也別到我這裡來。老鄭正氣惱著呢。」說著，她似乎也很委屈地說：「其實，我還不是為他好？」就掛了電話。

林美娣的電話讓我的情緒即時敗壞低落。

到目前為止，我還沒有查出那男人有什麼不對勁的地方。表面上他搞的業務是專門替本地的一些商家到中國辦貨，搞的是近年來興起的所謂的「物流業」。現在的商場市面，排山倒海地充斥著從中國進口的各式各樣的貨品，進口的價格奇低，種類齊全，幾乎是把本地的各行各業都淹沒了。國內一些小本生意的商

窺視——人間煙火吉隆坡

人，沒有足夠的資本與門路或時間到大陸去辦貨，於是就有像那男人的商人出現，專門替這類商家到中國內陸搜索與收購貨源。那男人主要的業務就是常到中國各地探索貨源。

我還沒探測到任何不對路的跡象，拿督鄭的敏感警戒姿態，卻讓我感到疑惑重重。我不相信那男人已經察覺到我對他的窺視，可能他根本就沒有察覺到我的存在。反而是拿督鄭的迅速反應讓我驚訝與疑慮。是他在防範我。

我倚躺在沙發，雙眼呆瞪著電視機的螢幕，心潮澎湃，漸漸地我的好奇心讓我拿定了個主意。我要「跟」下去。

接著，我又給自己找了個很好的理由。現在市面上的經濟與商場被來自中國的貨物所淹沒，如果我沿著這條脈絡追溯下去，不正是一篇既熱門又時髦的「物流業」的系列搜索報導。那些從事中國貨品入口生意的商家還不津津有味地閱讀著我的系列報導與分析。

這時，我相信我的嘴角一定是泛起了笑意，因為我腦海裡映現的是想像著當我跟陳大呆敘述我的系列策劃時，他那雙朦朧的

窺視

眼睛會迸發出崇敬與感激涕零的光芒。

這時，門鈴響起，我才想起，還有一個人要來找我。

是小狗，那個如果我現在還當著他的臉叫他「小狗」，他就會當場變臉的佐尼葉，我童年時的玩伴。我跟他是姐弟般的關係。雖說是大學金融系的畢業生，在吉隆坡的一家外國銀行當財務分析員，但他還是維持著與我和亞強間的鄉村玩伴的感情。他從不在我們面前提起他的工作或學識。他小我兩歲，小亞強四歲，所以他趕不上參與我與亞強間的超出友誼之外的關係。亞強和他之間的關係比我還是親近，有段時期我很不以為然，但亞強卻坦蕩蕩地說是酒與女色讓他倆站在同一陣線，我才釋然。

佐尼葉在沙發上坐下，身上還是一身上班時的服飾，深紅的領帶還緊勒著脖子，臉上油亮，雙眼卻是黯淡無神。坐定後，就連說口渴，要我給他杯冰凍的可樂。

灌下了半杯的冷飲，他這才歎了口氣說：「姬絲汀，我看亞強可能要出事了，我勸不了他，但我的直覺告訴我，如果我們不能讓他打消他那頑固的想法，他會鬧出人命的事來。」

窺視——人間煙火吉隆坡

他不叫我妹頭，我也不叫他的小名「小狗」。在吉隆坡，他是佐尼葉，我叫姬絲汀，紳士與淑女。

我很不耐煩，繃硬著臉：「有話直說，會鬧出什麼人命的事？」

亞強與佐尼葉自從那晚「情緣」酒廊分手後，就沒找過我。一見面，就是出難題，我的心情肯定不會好到那裡。

「上個星期，亞強要我跟他去了趟合艾（泰國南部的一個小鎮）。我們住了兩個晚上。」佐尼葉這類男人，在女人面前提出合艾，神色總是會不自然（在男人前，肯定是色瞇瞇，淫蕩蕩地），所以他瞥下我的臉色，陰鬱而又無奈地說：「亞強在那裡接觸了幾個泰國人。他雖然不想讓我知道，但從他們的語言中，亞強似乎要他們找個人到這裡來，替亞強處置掉一個人。亞強同時還要他們弄支傢伙（槍支）過來。回來後，我勸他，他聽不下。我想，或者他會聽妳的。」

我瞭解亞強的性格，像條牛，但能讓他如此蠻幹，這事肯定和他那女人有關。我說：「是不是蘇美蘭的事？」

窺視

蘇美蘭就是那個給亞強戴綠帽子的前妻。人們常說一物尅一物，蘇美蘭就是天生來尅制亞強的。無論亞強在市面上是多麼強悍多麼豪邁，一旦遭遇到蘇美蘭，卻是英雄氣短，退化成道地的小男人。當年讓亞強的帽子變色後，不久蘇美蘭就向他提出離婚的要求，亞強不但忍辱負重地接受了，據說還送了筆錢。我們幾位朋友雖然義憤填膺，卻只能苦澀地說：慘啦慘啦，亞強沒有LP（卵巴）了。

　　亞強卻沮喪垂拉著臉，長歎短吁地呻吟：情為何物！

　　他們男女間情感的事，我無能插手，但為了這窩囊廢的事件，我有整半年的時間跟亞強絕交。過後，在一個暴風雨交加，一點絲毫浪漫都沒有的夜晚，我接受了亞強，讓他上了我的床。但我們倆都知道，是性的饑渴讓我們搞在一起，在感情在緣分，我倆都不能談上。終究，我們從小是在一個道上走過來，我知道他是個什麼人，我也知道我的眼光投注在那裡，他的至愛在何方。

　　「聽說那女人被那男人趕了回來，現在舊機場路的某個餐廳上班。亞強是會有所行動的。他沒跟我直說，但我知道，他會收

窺視——人間煙火吉隆坡

拾那男人，那男人不會有好下場。」佐尼葉一臉凝重：「妳跟他談談吧。那已是陳年往事了，為那種女人，不值。」

我冷冽地瞅著他。這個馬來西亞大學經濟系畢業生，在銀行任財務分析員的白領，擔憂他的好友出事而搞得鬱躁不堪，我覺得有些匪夷所思。從男女關係的角度來說，佐尼葉並不瞭解亞強。如果亞強要走上這條路，那是他與蘇美蘭間的一筆情債。我不相信我能幫得上什麼。

「那你說，我能做什麼？」一定是我冰冷的聲音與表情，讓他驚愕地望著我。

他囁囁地說：「至少，妳跟他談談啊。」

靜默在我們之間凝結。我望著天花板，腦海裡一片空白。他垂著頭等我的答覆。

十幾分鐘後，我歎了口氣：「好吧。我找個時間跟他談。你先回去吧。」我說。

我瞭解亞強的性格。我也知道我不會去找他談。

亞強就常說：「我做，因為我不想以後後悔。」

佐尼葉離去。那夜，我失眠了。

窺視

10.

　我和丹斯里張有個融洽及妙趣橫生的訪談。

　訪談大可分成軟硬兩部分。

　硬的部分：他暢談了我國公眾掛牌公司現時的困境與未來的走向、國民經濟政策的變數與醒覺、物流業與金融業互動互輔的趨勢。在談到國際投資的遠景時，除了中國大陸，印度與越南這兩個國家一直在他的談話中出現。我發現在他對中國的投資評估裡，他少提了中國沿海與上海，提的更多的是西安、成都、重慶與蘭州，有時還連帶說說東北三省的工業基地。跟他談起國際投資趨勢，就有種像是浮游太空俯瞰地球指點江山的感覺。

　軟的部分：他就是咬著台灣不放。我曾試著挑起美國大選的話題，他調侃上幾句，說是布希也好，克里也好，沒什麼分別，都是鳥人，說著說著，又回到台灣那詭譎而又魔幻的「省區」去。他提到台灣時，故意說「省」字，我覺得很傳神，至少這就表明了他的姿勢。他從新加坡與台灣的「LP」（卵巴）糾紛談

窺視——人間煙火吉隆坡

起，繞上六千億台幣的軍購、中華民國與台灣在稱號上的曖昧糾纏、主權的享有與獨立的空間、319事件兩顆子彈迸發的爭議與笑談，還有美國國務卿的統獨談話所引伸出的「LP」情緒。他越談，興致越高。連串的「LP」就在他的眉飛色舞間與口沫四處飛揚。或者我是個女性吧，在他「LP」、「LP」的笑聲中，他或許在心理上有某種猥褻的滿足感。我跟他提個醒，我說：「這樣的報導，會不會影響到你在台灣的投資或者傷害到台灣朋友的感情。」他說：「沒事，沒事。」這又令我想起，我的專訪一旦刊出，他會不會買了十幾本送給中華人民共和國大使館的朋友。我心裡禁不住嘀咕：當年你在台灣升學，台灣付稅人是曾為你付過教育費的。

　　總之，這些硬的軟的，讓我訪得開心，寫得開心，讀者會讀得痛快，陳大呆會賣個紅彤彤。

　　就是這種亮麗的情緒，讓我在接到林厚生的電話時，竟然沒有萌生厭惡的感覺，反而，他低沉的嗓音竟然產生了些許的磁力，一時之間，我心旌搖曳。

窺視

林厚生說：「來吧，我在雲頂的高原酒店。」

這他媽的鬼男人，說盡了多少好話，編造了幾個悅耳的謊言，應允了幾許脆弱的信誓，無非是要我上山去應召，以他的話說：是為了抒解下我們現代生活壓力下被扭曲了的神經。

我的潛意識是要一腳把他踢出去的。但女人還是女人，昨夜窗下群貓的嘶叫總是讓人悠悠晃晃，還有那裡可以日以繼夜的賭局，總是讓人流連忘返。我把持不了自己，最後我說：「幾號房？」

我為自己解析開脫：丹斯里張的訪談是篇佳作，我心力交瘁，難道不該慰勞下自己。

我為自己設置藉口：前幾個月寄存在雲頂賭場的款項，還能不去收回嗎？

於是我跟陳大呆通過手機喊話：「我在繼續追蹤。兩天後一定並肯定交稿。」

說著，方向盤一轉，就往雲頂高原的方向馳騁而去。

在高原酒店的客房裡，我見到已經是煥然一新，剛愎自信的林厚生。

窺視——人間煙火吉隆坡

他跟我說他已找到工作了。目前在總公司上班，主要是熟悉公司的管理程序、行政結構與業務策劃，一個月後被派到中國四川成都的工廠，參與集成電路板生產管理。這是一家八十年代從台灣移植到馬來西亞的集成電路板與模型鑄造廠，是台灣某電腦裝配廠的下游工業供應商。在中國設廠，是配合電腦製造業發展的趨勢所理應採取的策略。

　　聽他這麼一說，我即時想到，這又是另一宗近年來我國典型的外資轉移例子。

　　「世界經濟在大洗牌，我們要有自知之明，要知道自己置身在何處，要探頭窗外，探討未來趨勢的走向。」這是我在專訪丹斯里張時，他向我發表的宣言式的呼籲，但我在他深邃的眼瞳裡，捕捉到他那迷茫而又焦躁的眼神。我想，骨子裡，丹斯里張是不是也很徬徨很無奈。

　　我甩甩頭，把這種思緒甩出腦海。

　　林厚生這個男人，他還是溫潤的還是體貼的還是淫猥的。他還是能敏銳地捕捉到我敏感的神經與脈絡。他還是個稱職的性伴侶。他還是能在適時與恰當的時機進行準確的出擊。

窺視

我忍俊不禁，笑吟吟笑眯眯笑嘻嘻笑哈哈笑呵呵地笑了。

他一洗頹靡，竟能泰然自若，「雄起」。

我即時回想起那個敗興的夜晚，他那時頹靡的模樣。

最近在網路上讀到一篇情色小說《成都粉子》。作者是深愛金蓮。

他說他就要到成都工作，我聯想到《成都粉子》，是理所當然的事。

深愛金蓮的小說內敘說：在成都，漂亮的美眉叫「粉子」，男人勃起叫「雄起」。

男人就是男人，有了工作有了金錢就有了信心有了尊嚴有了氣概就有了挺拔的骨氣，就能「雄起」。

事後，他說他的老婆要緊跟著他到大陸。他老婆是反對他到大陸工作，但幾個月下來，他一直在吉隆坡的人才市場飄蕩泛流，盡是些讓他養不起屋子供不起車子沒什麼前景的工作。他徬徨他焦慮他壓抑他憂悒他陰鬱，導致嚴重不舉，最後他老婆說：「為了家庭我跟你去。」她終於願意離開關丹。

窺視──人間煙火吉隆坡

我沒有興致聽他家的悲情故事。但他能脫離窘境，重新站起，我還是由衷感到欣悅的。能夠讓我滿意的男人不多，我再三告誡自己：要及時把握。

　　房間內的拚搏結束，我即時轉到賭場上的拚搏去。

　　在蒙地卡羅廳，我驟然發覺有個熟悉的身影在前方閃過。是拿督鄭，林美娣的老公。我嚇了一跳，不由閃進人叢裡。這時，那個林美娣要我跟蹤調查的男人向拿督鄭趨近，兩人走在一道，施施然走進賭場的國際廳。那是要有賭場銀卡才能進去的地方。我尾隨到國際廳外，就只能在門口徘徊了。門口的保安瞪了我一眼，我暗咒：狗眼。然後轉過身，一頭栽進身邊的一桌賭局去。

　　當我回過神來時，已是午夜兩點。我又把一筆款項存進賭場的戶口。我曾說過，這是一場生死的搏鬥，不到蓋棺時，不能定論輸贏，妄論得失。雖然我是自我安慰地說這款項只是暫且寄存在這裡，但還是不免一臉拓落，滿臉憔悴，步伐蹣跚，魂銷魄散，日月無光。

窺視

回到客房門外時，一陣涼颼颼的陰風在我身後盤繞，不由毛骨悚然，回想起不久前我和柯淑慧同房時的那場夢景，進房後，竟然厚顏無恥地把他叫醒。我說：「林厚生，我不想睡覺，你陪我到天亮。」

　　這正中他下懷。較早時他已收回一些在此的舊日存款，性情正好璀璨而又亢奮，如今午夜夢回，正值全身燥熱，周身黏稠，他說：「姑娘妳來得正是時候。」渾厚濃重的男音，在孤男寡女的寓室內擺撞流盪。

　　晨曦探入窗簾時，我們才閉上眼睛睡去。

　　手機的鳴叫把我驚醒。是林美娣的電話。說有事要找我商量，什麼時候方便，跟她聯絡，不急。林美娣說是不急，其實是緊急。但我也不能即傳即到，所以說明早我到她辦公室見她。隨即，我就想起昨晚我才看到她丈夫及那個男人的蹤跡。就想，昨夜，我也是在執行任務啊。

　　回頭瞅了床上的他一眼。醜陋愚蠢的睡態，噁心的裸裎。

　　我收拾行裝，拉上房門，下山。

窺視——人間煙火吉隆坡

這兩年來，跟我還保持著男女關係的，就是亞強和他林厚生。

與亞強的事，是在家鄉還是小學同學時就玩在一起，青澀的蘋果在發育時期就嘗試了。長大過後，我們就是醞釀不起彼此間的感情，只能是在「性」上逗著玩。談不上互相厭惡憎恨，心弦反正就是不曾悸動過。看他追女孩子看他結婚看他生兒育女，也不曾因此而懷恨或悲慟，反而，在有所需要時，大家還是能互相慰藉互相取悅互相取暖。

跟林厚生我就多了一份期待。這份期待讓我在開始時跟他同居了四個多月。這期間，我察覺到他還是個忠於他的女人他的家庭的男人。每個週末，他都要趕上幾百里的路程回到關丹向他的女人孝敬與交差。他不願背信棄義所以他對我也就從未許願從未允諾。從他絕對不會在沒有保險套下與我共歡的事實上，我悟覺到自己的期待根本就是個純情少女幼稚的幻想。結束了那段淫蕩的同居日子後，我也就發覺到他雖然不是個可以倚靠的男人，但卻也是個稱職的男人。過後，我並不拒絕他的聯繫與到訪，我對他說我們還是朋友。就因我的灑脫與不羈，

窺視

我贏得我的尊嚴與自信，我能把他當成狗般地對他咆哮，踹踢，也無需因此有所歉疚。

從雲頂高原一路下來，我雖然不把他即將到成都工作的事實當一回事，但那天下午，我辦不了事，回到寓所，鬱悶的心情讓我不能成眠。躺在床上，我愕然發覺，我竟然……竟然也會讓眼淚汩汩地湧出。

11.

王女士要我代表她跟「情緣」的老闆娘紫燕談判。

在這之前，林美娣來過電話，說是有事要找我商量。我還沒來得及安排時間，林美娣又來了電話，說是不必去見她了，其實是王女士有事要找我，要我直接跟王女士安排見面的時間與地點。我說我還是要跟她見面。她委託我辦的事，雖然惹出些不愉快的事，但我想我會把事情辦得更美滿些，所以我說：「拿汀林美娣啊拿汀林美娣，我還是有些事要找妳談。」

她說：「那好，那妳什麼時候來，再聯繫我吧。」

窺視——人間煙火吉隆坡

我跟王女士於是見了面。

在燕美路一家酒店的咖啡座裡，在王女士那笑容可掬，端正秀美的臉龐上；在她眼角皺褶深處，我恍惚感應到：陰霾重疊。

前些時候跟她見面時，在她鬱抑的情緒裡，我還是能感受到她悠然自得的自信與福泰，

然而，這次面對面時，她那隱約藏匿在嘴角的靜態的笑意裡，與鬢角幾綹白髮處，竟醞釀盤繞著重重陰霾，一霎時，讓我感悟到命運的乖舛多變，不禁感到心有餘悸。

首先，她跟我致歉，通過林美娣跟我約好的見面，突然取消，或者會給我帶來不便吧。

「想想，我想還是親自跟妳見面。這種事，是不應該通過第三者，尤其是通過林美娣，所以我想還是直接向妳提出，請妳協助我。」

「沒事的。只要我能幫得上，我絕不會推辭。」我知道，王女士要我協助解決的事，肯定與紫燕有關。我既然幫她跟蹤過她的丈夫，這事我還得幫到底。

窺視

王女士垂下眼瞼，沉默不語。再抬起頭時，那一抹陰鬱的憂慮已從臉頰上隱沒，她笑容可掬，但聲音還是略帶深沉：「我先生三個月前因心臟阻塞而進了醫院，並動了開腔的心臟繞道手術，過後不久，又因腦部血脈迸裂，這一陣子，都一直癱瘓在家裡。」她靜默了一陣子，吸了口氣穩定情緒：「我相信紫燕也是得到消息了。我先生雖然一直沒說什麼，但憑我的自覺，我還是感覺到我先生對她有所歉疚。他很不安很自責。我想解決我先生的心病，所以我想請妳代替我去見紫燕。」

　　我不明白。既然王女士的丈夫的病情是非常嚴重，紫燕的存在對王女士來說已不能構成任何威脅。王女士根本就不需要向紫燕有任何形式的妥協。我向王女士提出我的疑惑。

　　「我明白，但我更瞭解我丈夫的性情，他會鬱鬱不樂。我要的是他能心情舒暢，而不是有所負欠。」王女士慈祥和藹地微笑：「我是想給紫燕一筆數目並不多的款項，並要她給我的丈夫一封告別的信，就說她已知道我先生的病情，自己自願離開他，回到中國大陸或者轉到另一個城市去。我只要她寫一封無怨無悔

窺視——人間煙火吉隆坡

的信，讓我的丈夫能活得心安理得，讓他無需自怨自艾，讓他有一個沒有歉疚的晚年。」

這可真是有錢人的玩意，這也是我這種錢永遠不夠用的人所不能理解的玩意。但我還是說：「王女士，妳的具體計畫是怎樣的？」

「妳帶著這張支票去見她，並告訴她是我拜託妳交給她的。」王女士從皮包內掏出張支票遞給我：「這讓她知道我的存在。妳告訴她我丈夫的實際病情。她是個實際的女人。她知道她要的是什麼。我只要她寫這麼的一封信。妳只要拿到這樣的一封信，妳就把這支票給她。我會把這封信郵寄給我的丈夫的一位老友。這位老友是知道我先生與紫燕之間的事。由這位老友私底下將這封信交給我的丈夫，我丈夫就會以為我一直都不知情。當然，紫燕的信裡是不可以透露這一切都是我安排的。我不想讓我的丈夫終生愧對我。」

王女士把事情交代清楚後，也沒久留就離去。

倒是我，坐在咖啡座裡，咀嚼著王女士的心思，久久不能釋懷。或者我還太年輕，還不能體會到什麼是醇厚沉澱的感情。

窺視

徐緩低迷的輕音樂微風般地在咖啡座內飄拂泛浮，一股酸澀憐憫的情緒在腦海裡繚繞盤纏不去，直到手機響起，我才從沉思中驚醒。

　　是「小狗」佐尼葉。

　　「出事了。」他似乎壓抑住音量。「蘇美蘭出事了？」

　　「什麼事？」我驚訝地問：「蘇美蘭是誰？」一時間我的意識混淆，竟想不起是誰。

　　「唉喲，亞強的前妻，」佐尼葉還是低聲說：「還有那個男的，都被槍殺了。今天的頭條新聞。妳在哪裡？」

　　「哦，我知道了。」我終於意識到那將會是怎麼一回事。我抓起手包站起：「我在外面。我現在就回辦公室去。」

　　如有什麼頭條新聞，陳大呆還不至於遲鈍到要我回去跟他報訊。這樣的頭條，一定早就在雜誌社裡炸開了。我回去，是想跟進最新的消息。

　　果然。我一回到雜誌社，就被他一眼瞅見，就被他大手一揮，召進他的辦公室。我還想他一定會把今天的頭條新聞分派給

窺視——人間煙火吉隆坡

我跟進。我剛要開口，他卻一臉凝重渾沉，右手一攤：「妳不要說別的事。妳給我丹斯里張的專訪。」

我笑了，笑得很開心。我說：「就先給你一篇。還有一篇，我明天給你。這一篇是軟的。明天一篇是硬的。你看看。」幸虧我前兩天還抽出時間整理出一篇專訪。五六千字，夠塞住他陳大呆的嘴了。

他兩眼就盯在我的稿子上。我回頭向外面的辦公樓掃視，幾個記者與攝影記者都不見蹤影，幾個內勤小姐都各自在忙著手頭上的文件。

我回過頭，正對上陳大呆剛從稿子上抬起的眼光。我說：「今天的頭條⋯⋯」

「妳別管這事。妳回去寫妳的專訪。我下個星期就要發稿。如果妳能再弄出個專題，例如對他的集團的結構或財務的分析或什麼的，我就給丹斯里張來個封面人物。去想想。去幹妳的工作去。今天的案件，有專案組跟進了，沒妳的事。」

於是，我在辦公樓繞了一圈，把國內所有今天的報章都拿到

窺視

我的桌上。

　　果然是件大案。

　　晚上八點。鬧市裡，一對男女在路邊茶座飲茶談天。路上行人熙熙攘攘。一輛汽車在馬路邊停下。一個身材剽悍的中年人趨前像是問路。女的站起擋在兩個男人之間。那中年人從背後衣襟內拔槍向前一指。女的倒下。男的驚駭站起後仰天跌坐。中年人右腳踏前一步，手一揮。男的雙眼間迸開了朵紅花。乾淨俐落。中年人從容不迫走回車子。風馳電掣，絕塵而去。路人只能張口結舌，目瞪口呆。

　　「是職業殺手幹的。」警方的發言人第一句評語是這麼說的。

　　女的是蘇美蘭，男的是洪天星，案件還在偵查中。

　　這就是當天所有報章報導內容。

　　我撥通了佐尼葉的電話：「為什麼會有蘇美蘭？」

　　一聽到我的聲音，佐尼葉惶悚地低著聲：「那是誤殺。她不該擋那一槍的。」他的聲音似乎在顫抖，可以想像他說話時，兩眼一定向四周環視掃描著。他說：「不說了。妳知道這事就

窺視──人間煙火吉隆坡

好了。亞強在兩天前去了中國的九寨溝旅遊去了。十二天的行程。」說著，就把電話給掛了。

坐在桌前，我的採訪薄攤開擺放著，上面有我對丹斯理張做專訪時點點滴滴的記錄，但我的心思不在這裡。我只是在想：亞強，你值不值？

12.

再見到柯淑慧時，已是一個月後的事了。

這一個月裡，因為心裡惦掛著蘇美蘭的案件，跟佐尼葉或亞強都沒有聯絡。佐尼葉曾跟我通過個電話，告訴我亞強從中國九寨溝旅遊回來後，被警方請到警局協助調查偵訊，過後也就沒有什麼動靜。偵緝的工作肯定還在進行中。大家都循規蹈矩地低調生活，夜裡都不想出去，更別說聚首喝酒了。我與亞強間沒聯繫過。我想他是知道我的猜測，他只是緘默地潛伏在那裡翹首守望著。我透過社裡專跑社會新聞的記者，密切關注警方偵察的進

窺視

展。警方確認這宗冷血的槍殺案是職業殺手幹的。事後殺手似乎就人間蒸發，所有的證據與痕跡都朝向馬泰邊境，然而，所有的線索到了那裡就斷了。

這期間，我倒很專心致志地替陳大呆的雜誌企劃了一期的丹斯里張的專號。過後，透過丹斯里張的太太轉到我的姐姐又轉到我的手上是一張數額不小的支票。當然，這數額不小的款項在我的銀行戶口也沒逗留多久，就被我寄存到賭場上的另一個戶口去了。那一期雜誌的銷售量破了記錄（據說丹斯里張的集團就搜購了近千本。這筆開銷應該是劃到集團的廣告預算專案上才是），陳大呆說有增加印刷量，會考慮我的年底花紅的數額。我心底嘿嘿冷笑：老娘會等著。

我也把紫燕和王女士的事辦了。

我打電話到「情緣」找到紫燕。我跟她說我要見她。她說有什麼事就在電話裡談，她並不想跟陌生人見面。我說我可以到她的「情緣」跟她見面。她猶豫了。我說我單獨一個女人。她說有什麼事還是在電話上談方便。我說出了王女士的先生的名字，並

窺視——人間煙火吉隆坡

說我是代表一個人找她談話。她緘默猶豫。我說絕對不會有不愉快的事，會是兩廂情願的事，沒有壓力。她終於說：「好吧，什麼時候妳過來？」

第一次面對面面對她，就給我一種明皙透亮，神采飛揚的感覺，在她那嬌俏嫵媚的眸光裡，蘊含了一種傲慢而又楚楚可人的矜持，雅致而又恬淡。這不像是一家有小龍女駐紮的酒廊的女老闆。這肯定是她偽裝。我似乎一而再地告誡自己不要給她的外表迷惑，要像是處理一宗買賣地把事情解決了。

我以平坦的聲音講述了王女士交託給我的事，解釋了那封信對於一個瀕危的老人的重要性；而這是來自一個賢慧的妻子對丈夫的回饋，並以很恰當的語言表述了王女士一家，已經設想和演算了紫燕可能採取任何的措施或行動，並在心理上與法律上都有恰當的準備。換句話說，那老人已被隔離。王女士要的是讓她的丈夫能夠在一個沒有歉疚的心情下度過晚年。我也向她透露了那張支票並不很高的數額。我說：「這個數額，就換妳一封信，妳不拿也是白不拿。」

窺視

能夠到海外立足的中國女孩並不簡單。精明果斷堅韌現實，果然是紫燕的天生俱來的性格。她略為思慮，調整思緒，隨即條理分明地說出：

> 我們走出國門，求的是財。
>
> 他要的是一種慰藉，是種心靈的釋放，性幻想的滿足。
>
> 這是供應與需求的簡單交易，原始的買賣。誰也不曾負欠過誰。
>
> 他認為他有足夠的錢，他認為他付得起我的青春，能提供我的生活物質。那好。我沒什麼可以反對的。這只是他的弱智或妄想。我們這些女孩子沒有必要去捅破他們的夢。
>
> 我早就知道他的真實情況。他的一些老朋友還在我這裡走動。
>
> 他是不能再來了。我跟他的情緣已盡。
>
> 他有個明智賢淑的好太太。就是不明白他為什麼還需要到我們這種地方來。沒有用的。
>
> 我們不能拒絕。我不能拒絕有人要送錢給我。

窺視——人間煙火吉隆坡

這樣的信我能寫。這並不違背良心。這是實話實說。他是沒負欠我任何東西。他也不是我惟一的。

　　我不能保證我會離開這裡或這個城市。我還有其他的客人，還得照顧其他的女孩子。反正他已不可能再出來，我看不出有什麼必要，要我離開這城市。

　　我寫這信。

　　在我的眼前，她即時完成了那封信。我跟王女士聯絡，並通過傳真機把紫燕的信傳真給她過目。她認同了。我把支票遞給紫燕，紫燕把信件的原件交給我。

　　那晚，紫燕是約我在午夜後到她的「情緣」去。「情緣」打烊後，酒廊內只有我與她兩人。

　　當我走出「情緣」的大門，月色如水，沁人心脾。

　　我踏著自己的影子，他媽的，這又是哪一類的遊戲啊。

　　第二天，我就接到柯淑慧的電話，說她已經從廣州回來了，希望明天能與我見面。

窺視

13.

我和柯淑慧約好在我家見面的。

最近我確實比較忙。丹斯里張專訪的那一期專號出版後不久，我就接到他的秘書的電話，說是丹斯里張要我在某個時候到他的辦公室去，要我去見兩個人。我去了。見到的是兩個印度人。這是第一次跟他們見面。寒暄過後，丹斯里張就直接進入主題。這兩個印度人，一位是馬來西亞印裔財團的商業策略企劃部的執行官，一位是來自印度孟買的某個國際軟體製造商的董事主席。馬來西亞的印裔財團在孟買的軟體業投資頗有斬獲，這次與印方投資夥伴協商後，目光投注到經濟正在日日攀升的中國。投資的專案是有了，但還得找個熟諳中國商場的遊戲規則的人帶路，所以他們找到了丹斯里張。

丹斯里張想在媒體上為他們這個投資合作計畫炒作一番，也想借助印度在軟體業的科技優勢尋找突破，更想率領這兩位印度大哥到中國市場去另闢戰場，所以他要我好好地跟這兩位印度先

生做個「有深度有廣度有見地」（丹斯里張的話）的專訪。其實，這樣的炒作，找幾個英文報或馬來報章的記者不就更為恰當的。或者我的疑惑在眼神裡洩露了，丹斯里張當時就狡點的笑著說：「除了英文與馬來文的專訪稿，我還是要妳用中文撰寫的專訪稿。這是為我們的中國友人夥伴準備的。」

就這樣，我跟一位英文報及一位馬來報的記者在丹斯里張的安排下一起採訪了這兩位印度大哥，過後私底下我又跟他倆個別做了個人的專訪。這之前，我也跟雜誌社的陳大呆彙報過，得到他的大力支持。過後，社裡的小報告說，就因這事，陳大呆也有幸被丹斯里張召見了。

所以當柯淑慧走進我的房間時，看到我的床上桌上都佈滿了有關印度的經濟資料與軟體產業的研究報告時，竟然大驚小怪地以為我是被陳大呆辭退了，才會這樣專心致志地閱讀這類專業性的英文資料，一定是準備到哪一家電腦製造廠應徵去。

一個多月前的某晚，柯淑慧突然給我電話，說是已經辭職，第二天就要到廣州去。那時，江錫輝離去也有三個月了。

當時，我跟她說這又何苦？天下男人多的是。

窺視

她說：「晶姐，妳不會明白，妳不瞭解我。我需要一個了斷。我不要終生後悔。」

我跟她說了一大番道理，是自討沒趣是自欺欺人是自我羞辱是……是……是他媽的，我一時脾氣暴發，往電話筒吼叫：「Go to hell！」就把電話拋擲了。

那晚，我確實很憤怒。我真不明白就憑她這一招千里追蹤，就能挽留那段他媽的感情。

我很生氣，所以一個多月來我不去探聽柯淑慧的消息，直到她來了電話，我才沒好氣地對她說你要見我，就來我家。

她來了。陰霾散盡，臉色一片溫文嫻雅，雖是淡描素抹，卻也亮麗清朗璀璨，沒有我想像中應該有的悲慟或頹靡或淒婉。我疑惑地盯著她。

她笑了，嬌媚地瞥了我一眼，手指頭一揮指著我床頭桌上那些經濟資料說：「妳一定是被陳大呆開除了，對不對？」

「妳才是被人拋棄的。」我回應。坦白說，看她已從夢魘般的感情旋渦裡能全身而退，我的心情也爽朗起來。我說：「去去去，去冰箱裡拿幾瓶啤酒來，讓姐妹我倆爽一爽。」我對那晚擲

窺視——人間煙火吉隆坡

她的電話一事還是感到歉疚的，所以就想藉著這一聲爽朗的吆喝，把那事給揭掉了。

　　坐定後，柯淑慧還是把我當作推心置腹的朋友，將這一個多月的歷程娓娓說來：到了廣州後，她就投靠到她舅舅的物流業公司去。她舅舅在廣州開辦的物流業公司規模還不小，近幾年來的發展趨勢更把他推到「虎背」上去，已成了「騎虎難下」之勢。他需要人才，尤其是一個能在吉隆坡主持大局的人才。

　　柯淑慧這一撞上就給他抓住了。

　　她舅舅說：「淑慧妳來得正好，就在廣州我給妳一個月的培訓，一個月後妳到吉隆坡去實習，兩個月後妳替我打理馬來西亞的全盤業務。」

　　柯淑慧笑顏逐開地說：「就是這樣，我回來了。」

　　我沉著臉：「不是說要去廣州找江錫輝的嗎？」

　　「看開了，看開了。什麼愛情，什麼狗屁愛情。現在我是事業至上。」柯淑慧還是笑嘻嘻地：「在廣州，我看多了，我開竅了，我不當尼姑，就只好從商了。」

窺視

聽她笑聲踉蹌，看她笑容詭譎，我驟然發覺，在她深潭似的瞳孔內，有著煙霧彌漫似的悲愴。這女孩似乎長大了。似乎不再是我認識的柯淑慧。

她看我只是沉默不語地瞪住她，就靜默地坐下。寂靜在我們之間凝結。她知道我知道她心底還有痛苦還有悲情，她知道我不會給她的笑聲矇騙，她更知道我還在等待她的告白。

「我確實在我的舅舅那裡學習。我真的是要專心一致要從商做生意了。我是在廣州實習物流業的生意操作和管理。我真的不願再提起他。」柯淑慧喃喃低語。

「不，妳不可以對我說妳不願再提起他。妳欠我的。妳必須告訴我整個事件的詳情。」我斬釘截鐵地說：「柯淑慧，發生了什麼事？」

「好吧，就跟妳說了。」柯淑慧還是深思了一陣子：「我去了廣州。我通過他的朋友的聯繫找到了江錫輝。我跟他說我不會計較以前或現在已經發生的事。我跟他說只要他願意，我可以……妳知道我的意思。他那時已經被那個廣州女孩甩掉了。他沒

窺視——人間煙火吉隆坡

有工作，租了間房子，整天就跟幾位馬來西亞的朋友到處轉。我不知道他在等什麼。我說我可以……他說這種事在廣州是很便宜的。他寧肯露宿街頭也不要回到我的房裡來。我醒悟了。他不在乎我的感情也不在乎我的身體。他不願意觸摸到我。」

　　柯淑慧的聲音滲透著哽咽：「他對我，已經沒有情沒有色沒有性。他說我們只能是朋友。」

　　如果單單是與江錫輝的了結，她的顏容不應該如此爽朗璀璨，應該更多些陰鬱、多些悲慟與惆悵的，這女孩的臉頰藏匿不了她心裡的另一股喜氣。我說：「就只這樣嗎？」

　　「是啊，就這樣！我解脫了，看破了，看開了，就回來了。」她說。

　　「那妳心中為什麼沒有絲毫悲苦之情。」

　　柯淑慧睜大著眼盯住我。深思一會，說：「什麼都瞞不過妳。好吧，就跟妳坦白吧。我在廣州也遇上了人。一個中國仔。還是個可以的人。不錯，很體貼也很有進取心。他讓我看到了現實生活裡的感情。我正在檢驗他。他是我舅舅的生意合

窺視

夥人。還年輕。在廣州時，我們私下出去過幾趟。我在等進一步的發展。」

「嗯，這就是妳在廣州的經歷。」我不無苦澀地說：「我還以為會有翻天覆地或是翻江倒海的偉大愛情故事，果然，男女主角都找到各自的歸宿。」

「別嘲諷我。」柯淑慧說：「我在廣州沒破身，已是大幸。」

到此，我已無話可說，也沒有心情再跟她聊下去。我直話直說：「淑慧，沒事就好。我忙。妳可以回去了。」

我感到很累，身心俱累。我向她下逐客令。

柯淑慧沉默地悻悻離去。

14.

拿汀林美娣的先生是拿督鄭，鄭衛仁。前些時候我去偵察他的那個朋友時，被他撞上了，因此我還被林美娣責備一頓，也因此有一些日子她沒跟我聯繫了。柯淑慧跟我敘述了她的廣

州的經歷後，有一兩天的時間，我的腦子總是混沌壅塞，提不起精神。

三天過後，我似乎又像是甦醒了過來。生活還是要過的，信用卡的欠款，還有汽車的貸款都還是要還的，於是，我想起了我還答應過林美娣，會給她一個交代。我也想到柯淑慧跟我說起「物流業」的事，也想起了那個與拿督鄭衛仁行走得很近，那個讓林美娣焦慮惶惑的男人。那男人名叫蔡偉強，我最後的偵查的結果，他也是在吉隆坡從事「物流業」。

我曾經有過這樣的一個企劃，就是寫幾篇研討或探索近幾年由於中國產品的充斥市場而興起的「物流業」的系列報導，然後再附上一兩篇這行業內的領銜人物的專訪，為雜誌做個專號。蔡偉強是我要做專訪的人物之一。這樣，我不只洗脫了對蔡偉強偵察的嫌疑，也為林美娣夫婦兩人臉上爭光。

我再約了柯淑慧面談。這一次，我沒有再涉及她情感上的事，而是從她那裡去探究近年來在馬來西亞市場上所謂的物流業的發展與流向，以及這項新行業的困境與潛能。從她那裡，我只

窺視

能獲悉這行業的日常操作與勞動的流程，至於交易上的金融流動在程序上存在的模糊地帶與空間，這小女孩還是看不到摸不到的。這行業並不簡單，是現實生活與市場經濟上活生生的拚搏與掙扎，其間，還有一些不規範的灰色操作行為，還有不少的潛伏著的漏洞與危機。當然，我不願作過於深入的挖掘，有好些人還是要靠著這行業過生活甚至發財的。這樣的專題是不宜做深入的探討，表面的過場文章與專訪人物的風光經驗談，再加上一兩張的人物特寫近照，就能四平八穩的讓雜誌賣個滿堂紅。炒作加操作，就是這麼一回事。至於較早前我還到國家圖書館搜索到的有關「物流業」的資訊與研討資料，什麼跨境物流、物流鏈帶、口岸交接、電子資料庫的專題報告之類的大頭文章，我就操他媽的！

我跟柯淑慧提出蔡偉強這個人。

她說她認識這人，還在廣州跟他見過面，是她舅舅在還沒有自立門戶前共事過的合夥人。柯淑慧是在一個宴會上跟蔡偉強見面，在一起的還有那個拿督鄭衛仁。說著時，柯淑慧的嘴角泛浮

窺視——人間煙火吉隆坡

著曖昧的笑意。她知道我與林美娣的關係，所以也不用我的追問，就接著說：「這兩個人，身旁都帶著女人，在廣州招蜂引蝶，而且還在那裡包二奶。我從他們的交談中，猜測他們兩個人共同包養一個二奶。我算是看清了這些人。」

這又是我作業上的副產品。

我決定不向林美娣提供這樣的資訊。我沒有這個義務。

過後，我還是找蔡偉強做了個專訪，讓林美娣脫嫌，也讓拿督鄭衛仁對我另眼相看。

過後不久的一天，陳大呆把我召進他的辦公室，笑咪咪地說：「丹斯里張邀請我們的雜誌社，並指定妳隨同他們的馬來西亞和印度的聯合投資代表團到中國華東三市（上海、常州與南京）參觀，並出席一些投資項目的簽約儀式。當然，他們要的是妳的全程報導。」

陳大呆接著嚴謹地說：「不是讓妳去吃喝玩樂的！」

我走出他的辦公室時，還是情不自禁地罵了聲：「他媽的。」

窺視

似乎有聲音在迴響，像是陳大呆的，在呢喃：「好咧。」

我早已風聞，丹斯里張的集團跟我們雜誌社背後的報業集團最近有頻繁的洽談。風中的資訊是丹斯里張對傳媒業的未來展望看好。

所以我也好像聽到陳大呆在竊笑。

窺視——人間煙火吉隆坡

魂的切換

上海市

　　到上海浦東機場接你的是公司總經理的私人助理。她開的是輛深綠色的寶馬。她說這車是總經理的。總經理到北京開會去了，所以就讓她開著這輛寶馬到機場接你，並把你安頓好的任務派了給她。她說她叫姬絲汀張。你瞄了她一眼，是那種典型的即漂亮又能幹，最適合當高層管理執行官的私人助理的那種精悍的女人。你不由雙眉微皺，沉默不語地拉著行李箱跟隨著她到機場停車場取車。

在車上，姬絲汀簡單地解釋了公司讓她執行這項任務的原因。總經理大衛‧迪生到北京開會去，是今年一度遠東區域主管的常年檢討會議，上海的區域經理佐尼葉也陪著大衛‧迪生。昨天，大衛‧迪生從北京來了個電話，要她把剛從雪梨調到上海來的你安頓好，並且「make sure」（確保）你感到「comfortable」（舒適）。姬絲汀張在「make sure」上加重了語氣，這讓你感到詭譎，隨即又暗自深責自己太敏感了。你沉默地保持著微笑把眼光盯在車窗外迎面撲來的景觀。這時，浦東市區的摩天大樓群在你的視野裡出現。

這地區近十幾年來已經成為中國最重要的金融與商業中心。這裡的住宅區也是這區域裡最昂貴，生活品質也是最好的，膳宿、文化、娛樂和療養設施也是應有盡有。這裡就是陸家嘴。在你接到雪梨總部的調職公文後，你已對公司在上海的總部的所在區域做了完整的調查與搜索，所以你對姬絲汀張導遊式地背誦這區域設施的解說詞，並沒有多大的興趣。你更願意親身去探索。

姬絲汀張把你帶到一間裝潢豪華的三房二廳的寓室，落地長窗外就是東方明珠塔與陽光下波光閃爍的黃浦江。姬絲汀張向你

窺視

講解了公寓內的種種設備後，還特意為你示範了衛星電視系統的操作。她把一張預先準備好的電話卡交給你，並把她的私人手機號碼留下後，就向你告辭。她說這個週末她並沒有任何脫不了身的事務，所以她是可以隨時提供協助。你向她道謝，並說你還是願意自我走進這個城市去探索。

「那好，需要幫助時，就打電話給我。還有，請別介意我的無禮，你會說中國語嗎？」姬絲汀張微笑著說。

你搖頭苦笑。「我不懂，雖然我有個中國人的姓。」

姬絲汀張這一路上走來都是以英語與你交談。你的答覆讓她釋懷。

「那沒事。如果你沒有給我電話，我就在星期一早上八時三十分來接你。我會先打電話過來確認。」說著，她就跟你握手告別。

你姓林，名麥克。你父親是澳洲土生土長的第二代華裔，除了能說幾句源自他父母親的福建方言外，就剩下這個中國姓氏「林」了。你母親是來自愛爾蘭的後裔，雖然你的面龐與膚色都向父系靠攏，但你已經不會講任何的中國語言。

魂 的 切 換

雪梨總部傳過來的你個人資料時肯定已把你的語言能力注明，姬絲汀張的詢問雖然讓你有所感觸的，但你是不會為自己不懂得華語而感到歉疚。你有一張接近中國人的臉龐和膚色，這並不代表你一定要懂得華文。

　　你不知道你會在上海要待多久，但你還是期望在三年後就能回到雪梨的總部去。公司在中國華東區域的總部缺乏人員，再加上上海是負責向中國西北的開發與拓展的策劃中心，人員短缺尤為嚴峻。進駐上海照理說是不會阻撓你的事業發展的方向，相反，上海這塊板塊能提供的靈活性與機緣卻是無可估計的。

　　但你心底裡卻固執地存在著一種莫名的抵觸與排斥感。

　　在雪梨時，你曾細心地自我分析過，對中國的抵觸與排斥感應該是源自你的父親。你父親入棺時，手上還拿著一張發黃的舊相片，那是你母親特意從檀木箱底找出來的。相片裡是一個載著小圓帽留辮子眼眸凹陷瘦削的老人。

　　這就是你的根，而你的根就深植在這塊土地上某個你不知道的地方。你不再有可能知道這個瘦削的老人是從這塊土地上的那

窺視

一條山路走下來的了。你甚至說不出是那個鄉村還是那個山溝，因為你的父親從來沒有向你交代過。你母親至少還跟你說過她在愛爾蘭家鄉的地名。

你覺得在愛爾蘭，你還有個地方可以回去看看。在中國，你沒有。你的父親沒有給你留下任何痕跡，只有一個「姓」。你還是緬懷著澳洲的雪梨，這裡太遙遠了，遙遠得漫無邊際。你對自己的「姓」不能做主，但在你母親去世的那一天，你就向她起誓：將來你自己的兒女將會以母親的姓氏為「姓」，而讓「林」這個姓氏跟隨著那個留辮子的瘦削老人的相片和你父親的肉身埋葬進澳大利亞的地層裡。

你對這次的調職並不感到喜悅或認可。中國對你來說，並不能代表什麼，反而是讓你有抵觸的苦澀。姬絲汀張的詢問，並沒讓你為你的面龐與膚色感受到歉疚。反而是你的那個金髮老婆，蘇珊娜，對你的調職充滿期待。蘇珊娜說：「好啊好啊，中國，上海，我喜歡。我喜歡中華文化，喜歡毛澤東喜歡紅色革命。」當年，稚氣的蘇珊娜就是因為你的那張中國臉型與棕褐色的瞳

魂 的 切 換

子，才欣然接受你的約會的。她跟你說：「我已經向公司辭職了。快點把寓室安頓好。我馬上飛到上海去。」

你在寓室內繞了一圈。對姬絲汀張的安排你感到滿意。基本上，姬絲汀張已打點過鐘點工人，整間寓室是潔淨得像是五星級的套房，你只需打開你的行李箱，就能舒適地住進了。洗過熱水澡後，在書桌上打開你的筆記本電腦，接上寬頻的線路，給雪梨家裡的蘇珊娜發了個電郵，於是乎，你又跟整個世界接軌了。

你站在落地長窗前，望向地面上的馬路。各式各樣的豪華車，大型美觀的公車，熙熙攘攘像螞蟻般的人群。馬路的左方是一間大型的超市，應該是那家泰國財團投資的超市吧。你曾經在某份雜誌上看過這超市的廣告，說是在上海陸家嘴的板塊上，應該就是這一家。

上海是太現代化了，一點也不能跟你父親手上緊捏的那張有留著辮子的老人的形象牽連在一起。你認為那個有辮子的老人就是你父親的父親。你父親從來沒有向你提起過他的父親，好像那是不可觸摸的禁忌。你父親也從不教導或鼓勵你學習華語，而且

窺視

似乎有意讓你忘記血液裡的華人基因。你甚至懷疑，你父親在你的姓名上留著個「林」字，會不會就是他這一生裡最大的錯誤和遺憾。在你的父親的父親的那個年代，你的父親的父親跟他的故鄉乃至中國究竟發生了什麼樣的衝突，留下那麼深沉仇恨，以至讓你的父親的父親義無反顧地遠走澳大利亞，並從那時起就把中國推出視界外。這些，你都無從查問了。你的母親曾向你確證，你的父親從來沒有跟她提起中國或家鄉或親戚的一點一滴，從來就是不願提起。你不禁想：要是你父親還活著，他會不會對你被調職到中國而祝福？

為什麼會有「祝福」這兩個字在你的思緒裡出現？這個警覺讓你悸動。

父親他們的中國是另外的一個中國，你跟自己說。你的目光從馬路上浮移，陸家嘴的摩天大樓在陽光下粼粼發亮。這又是另一個國度的中國。在這兩個中國間，雖然有條臍帶連帶著，但那已經是很遙遠的事了。

你在落地長窗前，面對寬敞的視野，盤腿坐下。你的父親的父親和你的父親都選擇背棄和逃離的中國，可能是個悲慘古老血

魂的切換

腥的中國，和你眼下的陸家嘴的中國沒有絲毫的關聯。現在的你就像是從背棄與逃離的路上返回過頭，走回原路，卻發現這已經是個不一樣的中國。

或者你應該嘗試去追溯探討他們背棄與逃離的原因，或者你應該走進歷史去會見那個戴小圓帽留辮子的老頭，或者你該試著去瞭解去諒解那個年代的苦衷，你雙手捧住腦勺閉眼仰天躺下，你對自己說：或者我應該睡一下。

公司的總裁大衛・迪生從北京打來的電話把你叫醒。電話的鈴聲讓你從地毯上翻身躍起。那是座機電話。大衛・迪生的澳洲腔英語讓你感受到溫暖。

他說：「我打你的手機，還沒開通。我不是要姬絲汀張給你一張新的手機電話卡吧？」

你這才想起姬絲汀確實是給了你手機的晶片。「她給了我，我還沒裝上。」你說。

「怎樣？一切的安排還滿意嗎？這是你在中國大陸的第一天，希望你能喜歡。」

窺視

你在中國大陸的第一天。

這幾個字像重金屬在你耳際敲鳴。「噢,還好。」你說:
「姬絲汀張安排得很好。」這時,你又想起了她說「make sure」
(確保)時的語氣。「謝謝你,大衛。」

「那好。這兩天你就去「explore」(探索)上海吧。如果需
要姬絲汀的協助,隨時打電話給她。我們要到星期二才能回到上
海。星期一你就在公司內熟悉環境。」

「沒問題,這兩天我會自己解決。我也不會麻煩姬絲汀
張。」你說著時,腦海再次迴響:**你在中國大陸的第一天。**

放下電話時,你不由又想起了那個留著辮子的老人,那個你
的父親的父親的老人。那個老人是在那一天踏上澳大利亞大陸
的?他在澳大利亞大陸的第一天是怎樣度過的?那些第一天踏上
美洲大陸或是澳大利亞大陸的先輩,想的是什麼,是美好的夢想
還是對未知的恐懼?那個辮子老人呢?是斬斷了悲慘的過去面對
新生的狂喜,還是沉重的憂慮讓他垂著頭佝僂著挺不直身子。你
呢?**你在中國大陸的第一天。**窗外是璀璨燦爛的高樓群,眼底下

魂的切換

是燈火輝煌，人群熙攘的上海陸家嘴。你的第一天又是怎樣的？那個辮子老人是你父親的父親嗎，你突然間感到懷疑。你媽沒跟你證實過，這只是你一廂情願的猜測。他可能是你父親的任何一個叔輩，也可能是任何一個流落在澳大利亞大陸的中國人。「祖父」兩字從未在你腦海出現過。他可能是你父親的父親，卻不是你的祖父。

你只是從你父親那裡開始，是你父親跟愛爾蘭裔的母親結合時開始的，血緣是在那裡開始淌流的。

一個小時後，你坐在商場角落的一張雙人餐桌旁。餐桌上還擱著一杯啤酒，那盤牛排是讓你感受到澳洲牛肉的潤澤嫩滑。在上海能吃到這樣讓你大快朵頤的西餐，這讓你的心情舒暢。周圍是些小餐桌，是這家西餐館排列到館外的空地上，都坐滿了進餐的客人。餐館遠離摩肩接踵的購物人群，坐落在商場的角落，這裡，從餐廳內傳出的輕音樂，還能在耳際繚繞。你啜飲著啤酒，眼光隨著流動的人群四處泛流。

在中國大陸上的第一餐，還是讓你感到滿意的。

窺視

一位身材頗高，肌肉鬆弛，肩背微彎，瘦削而禿頂的老人在你桌前站定，瞧了你一眼，趨前向你說了句話。你搖晃著頭，表示聽不懂。

　　他笑了，笑得很開朗暢快：「你不懂得中國話？」

　　這句話你聽懂了。是句英語。你說：「我是澳洲人。」

　　「我是印尼人。」老人說：「但我會講華語，不多，能講。我的意思是，想在你的桌邊坐一會，等我的女兒。她在購物。我們約定在這餐館前會合。我只想歇息下，如果你不介意的話。」

　　「請便。」你說：「我在觀賞人群的流動。真是奇觀。」

　　「中國就是人多。」老人在你身旁坐下：「有時真受不了，寧可在家裡待著。第一眼看你像是中國人，再細看，你又不像中國人了。我是說，不像純種的中國人，是混種。」老人和藹地微笑著。

　　「我父親是華裔，我媽是愛爾蘭裔，我是澳洲人。我不會講華語。」你欣然微笑回答。

103

魂的切換

「我父親是華裔，我媽是爪哇人，我是印尼人，但我會講華語。」老人學著你的語氣，爽朗地笑著說：「別見怪，老人家了，就是想說笑。」

老人的笑臉與幽默的語言把距離拉近，你這才發覺，這老人雖然中國人的臉型，皮膚卻是深褐色。

「你的英語說得很好。」你說。

這是個風趣而又寂寞的老人，爽朗率直的性格和在交談的語言中蘊含著的睿智與鋒芒的揶揄，這些你都能接受，因為他似乎也是屬於你父親的那一代。你期望從他的經驗與生活歷程的講述裡，去追根溯源，去探究這塊土地與他們那一代發生過的糾纏與過節。你只是稍微點撥，他就很爽快地向你說起他走過的歷程。

他說：「我祖父祖母從福建的泉州出海的，說是被清朝政府的追捕而逃到印尼。在那裡賺了一些錢置了一些產業。父親年輕時還帶了大把的錢回到泉州的家鄉，置地建房娶親成家立業，成為家鄉的地主，風光一時。過後，鬥地主的時代到來，父親成了全村追打鬥爭的對象，妻子孩兒都在那場混亂中丟了性命。父親

窺視

於是又投奔爪哇，憤懣之餘就娶了個爪哇美女。這美女就是我的母親。你看，我的血液是深褐色的，就如你的血液裡滲和著愛爾蘭人的白色。我相信你一定跟我一樣，不會說你是中國人。我是印尼人。在路上，總是有人用華語跟我交談，我跟他們說：『No chinese。』」

他的近乎調侃的語言讓你份外感到親切，他的思維與你這時的心態接軌。

你由衷地贊許他的見解。你跟他說：「是啊，中國對我來說，就像是世界上的任何一個國家。沒有什麼特殊的感情或愛憎。我是不會為了有一張中國人的臉型而歉疚，更不會也為此而驕矜。」

「那麼，你為了什麼來中國來上海？」突然，他睥睨著眼，語氣帶著譏諷。

「工作，單純的工作。大家都說中國是全世界的經濟中心，是世界的工廠，那好，就來這裡工作賺錢。那你來這裡做什麼？」你反問那老人。

魂 的 切 換

「是啊，你問得好。我回來做什麼？」

你像是戳刺到老人的要穴，開朗的笑容突然僵硬住，深潭似的瞳子泛起迷霧，他竟然一時像是失去了說話的能力，沉默不語。

你也沉默。人群的噪音在廣場上漫延流竄。你知道你所說的並不是有殺傷力的語言，只是無意中觸動了他某根脆弱的神經，像是器官抽筋。那種陣痛，必需讓它自然釋放消失。任何慰藉都不能疏解，只能讓它自我復原。

當他再次開口時，他是語氣雖然已是稍許無奈，卻還是硬朗的。

他說：「我是在印尼賺了不少的錢，算是個小財團的前總裁。我在幾年前把實權交給的我的兒子，在董事會上，已沒有影響力。我的媳婦是個純種的華裔，是個新加坡人。我的太太也是個華人，純粹的印尼華裔。所以你看，在整個家庭生意的決策上，我已經沒有說了算的優勢和權力。他們都一心一意地要到中國來發展，要讓家庭生意多元化和跨國化。他們都是受過現代企

窺視

業管理教育的商業精英，就跟你一樣。但他們卻都患上了『中國情結症』（這是我製造的辭彙），認為唯有中國，才是他們發展的福地。在幾年前，他們就到中國來發展生意，而且主要是在福建泉州投資。我曾問我的兒子，為什麼要選擇泉州。他說，祖父與曾祖父都是從泉州出去的。回到泉州投資是種回饋是種感恩是種緬懷。那好，這是我幾十年來對他們的教育，對他們再三重複的有關我的祖輩們的故事敘述的源頭，他們能有這種緬懷故人的心意，我是不能過於阻撓的。我只是再三地提醒，我們是印尼人，我們的根是長在印尼的土地裡。」

　　這是整個世界近十幾年來的經濟流動渠道，巨大的潮流都向這塊大陸移來。沒有在這塊大陸移植的世界性品牌，十幾年後肯定會在世界市場上消失。這種議論在太多的經濟刊物裡刊登或轉載，幾乎已是企業界上的一種共識。所以你說：「你的兒子的策略是對的。我也是在這種商業的謀略下，被公司派到上海來的。我的公司是家澳洲公司，總部在雪梨。」你說：「這就是所謂的全球化吧。」

魂的切換

「你知道嗎？」老人說：「剛才你說：『我是不會為了有一張中國人的臉型而歉疚，更不會也為此而驕矜。』你引發我對你的好感。我覺得我們還是要以我們的國籍與膚色而不卑不亢。我公司的那批人就沒這種想法，其中包括我的兒子媳婦。他們打著流著中華的血脈的旗幟，口口聲聲說是要回來中國尋根探祖，就是想藉著那張中國人的臉孔來撈一些好處或便宜。我不同意這種想法。我常常想起我的祖父與父親跟這塊土地的恩怨。或者我的心胸太狹窄了，但我不喜歡他們的想法。」

　　「這些不應該讓你感到委屈。」你說。

　　「問題是，他們在這裡的虧損已幾乎要拖垮了在印尼的基業。他們說得好聽點，他們說：為祖國貢獻。我不明白。我只知道我的父親和我的祖父的家人曾經在這塊大地上流過血，有過深惡痛絕的恩怨，並且是充滿著滿腔的憤恨逃難而去的。」

　　「你有很大的憤懑。」你對老人說。

　　「我不知道。或者就因為你所說的『不要因為這一張中國人的臉而有什麼特殊的愛憎』，讓我向你傾訴了我從不跟人提起過

窺視

的憤慨。公司為了在這裡的商業營運方便而在泉州的某鄉鎮捐建了小學的校舍與人民會堂。他們要以我的名字命名。我拒絕了。最後是以我的父親與祖父的名義捐獻了。我不知道，我不知道我的祖輩們的感受，但我並不好受。我曾經在我的祖父的忌日的祭拜上，聽到我父親對他的家鄉的詛咒。」

這老人確實很悲憤。你輕輕地撫摸著他擱放在桌面上的手背。

一直擱置在老人心底陰暗處的痛楚，終於能夠釋放，也何嘗不是種解脫。

你笑了，從容和藹地欣然說道：「先生，你是個瀟灑的人。你無需如此看待人生。」

老人臉上的陰鬱驟然消失。「是啊，我為什麼還要為這種事而煩躁。我女兒說到泉州看看，我們就來了中國。我兒子說到鄉下去，去祭拜我的祖父的墳墓，去會見我的一些堂兄堂弟，我拒絕了。我說我要到上海去，我要到時尚的城市的現在，我拒絕回到血淚與恩怨的鄉下的過去。我的兒子不能瞭解我，他把一切都歸咎於我體內一半的爪哇母親的血液。他忘了他的血液裡有四分之一的爪哇血液。」

魂 的 切 換

他又沉默下來。眼神渙散，無限落寞。

這時，他看到一個女人向他招手。他說：「那是我的女兒。你是個有主見的年輕人。我喜歡你。我是不應該在你來到這塊大陸的第一天，向你說出只能是我自己的憤慨的話，影響了你的心情。希望不會影響到你的生活態度。我明天就回印尼，從上海直接回到雅加達。」他笑容可掬地說：「回到印尼後，我要完全退出商業的活動。我要研究爪哇的歷史與文化，我要遁隱到我的母親的血脈裡。」

你跟他同時站起，你伸手與他緊握。這是個讓你產生親切感的老人。這種感覺已經太過長久沒有體驗到了。這是種近乎父親的感覺。你感到雙眼濕潤。你說：「請你走好。」

他的話讓你想起你的母親，那個愛爾蘭裔的女人。

老人擺手，離去。

根據你的母親的說法，你的外祖父也是在十九世紀末從愛爾蘭來到澳洲的。由於某個原因，移民到美國的申請遭到拒絕，他就隨著貨輪來到澳洲的柏斯，在農場找到份駕駛拖拉機的工作。

窺視

過後遇上你的外祖母，也是個愛爾蘭家庭的後裔。外祖父祖母在生下你母親後就離異，外祖母帶著你的母親來到了雪梨，並在一家牛奶廠的品管部工作。認識你的父親時，你的外祖母已經去世。你曾經想追溯，但你母親說家庭就是這麼簡單；愛爾蘭的故鄉，她父親也沒給她留下什麼能夠追憶的。她的父親跟你的父親的父親是一樣的人，都是生長在苦難的年代，沒有顯赫的家族也沒有綿長的家史，有的都是血淚苦難與逃亡，有的是些急於遺棄的記憶。

那真是個躲避與逃難的時代。

艱難與窮困讓你父母親沉默寡言。他們沒有太多的朋友，也沒有很多開朗的歡笑，更沒有什麼富裕融洽的家庭生活。有的是晦暗與苦澀，有的是獨坐沉思或倚門眺望，有的是淡淡的幾句冷漠的語言。這些，就是你父母親在你的童年回憶裡的形象。

你從熙熙攘攘的人群裡走出商場，沿著寬敞的馬路，踢著身影，回到你的寓所。從落地長窗往外望，夜色更深邃了，但夜空下的霓虹燈與黃浦江兩岸的燈光卻是依然輝煌燦爛。

魂 的 切 換

你的父母都不願提起他們的各自的祖國。他們都在迴避，都在躲閃。他們的一生都不快樂，都生活得很壓抑陰鬱，讓你覺得生命對他們來說只是個漫長的等待。

等待。

如此而已的那個「等待」的年代。

你的身體張開成「大」字仰面躺臥在床上。你想起了蘇珊娜，那個浪漫性感豪邁的妻子。那是個陽光般的雪梨沙灘上的女孩子。典型的澳洲人家庭的養育讓她厭惡歷史。她總是說那裡頭有太多的陰鬱與醜惡。享受生活的每一天才是人類生存的意義。不需瞻望太多的明天，更不要回顧太多的昨日，緊跟隨著感覺與時邁進。你由衷地贊許她的想法，你也想獲得嶄新的生活。你的母親去世後你覺得你解脫，你接愛蘇珊娜的同居建議，你也期望能在蘇珊娜的澳洲陽光下，擺脫你父親你母親濃稠的陰影。那時，你真的想蘇珊娜和你都是個新生類的人種，你沒有臍帶，因為你可以將你的臍帶跟你的父母的遺體一起埋葬進澳洲的泥土深層裡，沒有任何人能為此而提出異議。

窺視

蘇珊娜比你還小四歲，但她懂得享受生活，也有她獨立的思維。有段時期她迷上日本的文化，後來她說中國的文化更適合她。她說反正你有一張東方人的臉，我就是喜歡不是我的父母那一代的臉型，我要賦予我的兒女另一類血緣。她說不喜歡美國或英國的文化。你其實也知道她根本也就不知道什麼是文化，但你卻因此而喜歡上她。

　　在上海的第一天，你就是在緬懷著雪梨的蘇珊娜的思緒裡，睡去。

魂的切換

見到梅芬時

1.初見梅芬

手機呼叫時，錢偉正在埋頭苦幹。

他抓起擱在床枕頭邊的手機一看，螢幕上沒顯示號碼，連忙用手掌掩蓋在梅芬的嘴唇上：「別出聲，我老婆的電話。」

「喂，老婆，是的，我正在跟我媽談著。應該沒問題，是的，是的。我會抓緊落實。早上跟我爸談過，現在要看我媽的了。什麼？三個月的押金，那不是要三萬馬幣。好吧。回頭我給那個潮州仔打個電話，就是那個住在檳城的潮州仔，是的，就是

那個批發光碟的。一兩天那個屋業經紀人總該能等吧。就不信那個破檔口還會有人爭著要。如果那麼火熱，不早幾個月前就讓別人租掉了。別聽他的信口雌黃。我知道，我還得向我爸那裡下功夫。聽我媽說，我爸明早就要回湖州，我還得跟他磨蹭。那好。那好，我晚上再跟妳聯絡。」錢偉對著手機吆喝，下身還不忘搖晃著。

梅芬睜大著眼，一直想笑，卻被錢偉的手掌掩按著，只好眨動著雙眼。

錢偉翻身倒在床上：「媽的，連幹點正經事也要來擾攘。」

梅芬是錢偉小時候的同學。

那天心血來潮，錢偉在黃昏時段到她老家麗園路一帶溜躂，就撞上了剛下班的她。其實，是在更早的前一天，在南京路上遇到也是小時同學徐陽。閒聊了一會，無意中徐陽說梅芬這陣子在搞離婚。當時就讓錢偉心弦一震。有意的他與無意的她就這麼地在麗園路的菜市場外相遇了。聊了陣子，就約定第二天傍晚吃頓晚餐。第三天已是不用上班的星期六，早上再次見面後，就剩下

窺視

酷熱的下午。酷熱的天氣讓錢偉找到最好的藉口，說是回家裡吹冷氣，梅芬也就很自然地上了錢偉的家，也很自然地進了錢偉的房間。

這個梅芬從中學時期就喜歡他。梅芬對這份愛慕從不隱瞞，周圍的朋友都知道這是份青梅竹馬的感情。四年前，錢偉的媽媽要他出國讀書，一直以來就沒把梅芬的愛慕當一回事的錢偉，當時也沒跟梅芬道別，就一聲不響的跑到馬來西亞留學去了。

這年頭出國留學，還不是帶著大把的錢到國外過日子，通過私塾式的學院，混個語言的文憑，再憑藉學院與歐美澳新的雙聯課程的關係，充當跳板，跳到海外更海外的西方大學去。當年，錢偉跟他老爸提起出國讀書的事時，他老爸就替他圈定東南亞這一塊。老媽當時還說他爸就是把他送到美國英國，經濟上也是不會有問題，就是擔心一些人的妒忌心理，在組織上也不好交代。他老爸也不過是個小縣城的縣委書記，還是不要囂張才好。他老爸那時在組織上正平步青雲，當時就說：「孩子你先搞到張語言文憑，把語言能力提上去。多幾年，只要是這世界上的那一所大學給你發了錄取入學信，老子一定能把你送進去。」

見到梅芬時

錢偉的第一選擇是新加坡，但他老爸還算得更精，說：「反正錢偉你也不稀罕那小島國的文憑，不就是塊跳板嗎，我們不花這筆冤枉錢，到那高消費的地方去。就馬來西亞吧，我也好開脫。就馬來西亞吧，不會太貴。不就那麼兩年的時間，馬來西亞好。」

　　錢偉是有些失望，但想想，從馬來西亞到新加坡，也不就是隔著一道海峽，況且上海到新加坡上學的人也太多了。人多就是競爭壓力大，交換學分的雙聯課程，在學額上肯定是有限量的，出線跳到英美的機會就僧多粥少了。

　　於是錢偉在四年前就到馬來西亞來，在北部檳城的一家學院落腳。

　　出事後錢偉的媽媽老是找碴，說什麼在馬來西亞能省幾個錢，可現在就省出個孫子來。

　　錢偉的爸也漲紅著臉向他媽吆喝：「這小子好色，不管是在新加坡、馬來西亞還是泰國，一樣會出同樣的亂子。」說著，老爸轉身指著錢偉罵道：「你知不知道這世界上還有一種叫保險套的東西？」

窺視

他媽還是沒好臉色，說：「新加坡的女孩教育知識高，肯定會用這東西。馬來西亞還是發展中的國家，女孩子比較傻，我們的錢偉就是純樸，才出事。就是你，什麼馬來西亞的消費低，屁！」

整個事件，就是錢偉一時粗心大意，讓一個叫張莉莉的女孩子懷孕了。事發之夜，正好是錢偉來馬來西亞一周年的紀念日。就是在這個周年紀念倍感孤寂的夜晚，兩人在寓室裡喝多了，才出事的。

錢偉的爸媽一開始就要錢偉帶張莉莉去做人流。那時錢偉孤身在海外，人單力薄，而且張莉莉家族的壓力日愈增長，錢偉的護照又存放在張莉莉的手上，最後還是錢偉的媽媽四處奔跑，幫錢偉弄到了張單身公證書，帶到馬來西亞來，給這對小情人的婚事辦了。

就這樣，錢偉成了馬來西亞的女婿。英語課程修完了，繼續在檳城的學院正式修讀國際貿易的文憑。本來是想拿了英語的語言文憑後，就轉到西方大學的，如今也只好將就在學院裡繼續正式的商業課程了。張莉莉產下個男孩後，也就永遠離開學院當全職媽媽。

見到梅芬時

這一周折，錢偉的孩子都兩歲多了。

張莉莉是受英文教育的，普通話是能說幾句，漢字就一竅不通。當年錢偉會一時迷上她，就是覺得這女孩很有新鮮感。怎麼就這麼一個華人，卻一口流利的英語翻滾著轉。那時他也正在拚英語，張莉莉也自願當語言老師，這事就如此湊合了。

錢偉這趟回上海，沒帶著張莉莉回來。這些年來，錢偉的爸媽對張莉莉還是有些見外。錢偉找他老媽老爸是要錢來的，之前，他老爸也曾跟錢偉提過，要他長著心眼，探索下有什麼合法的途徑，轉一些錢出去。有了這兩項前提，張莉莉不在身邊，說話也較方便些了。

這兩年下來，錢偉愈發覺醒，英文這洋文並不好啃，自己也不是什麼讀書的料子。研究過他老爸的意思，當年送他出國，也並不全心真意的是要他到海外鍍層金，混張什麼文憑後當海歸派回國去工作。老爸似乎是要他在海外弄點合法的投資，好讓他在退休之年能到海外過過日子。

東南亞這幾年來就是中國熱，於是他有了一個商業構思，想在檳城的一個購物商場內開家湘菜館。店鋪已找到，租賃的條件

窺視

也談妥了，張莉莉的哥哥也答應為他打理，大廚的人選也找了。在這之前，他已通過電話跟劉琦（錢偉他媽）通過氣，劉琦是答應向他投資，但她還是要錢偉親自回上海，親自向他老爸提出投資的策劃與前景。劉琦的意思錢偉也明白。要是能從老爸那裡挖掘出些錢來，劉琦還是不想挪用到她自己的那份私房錢的。

劉琦正在客廳上看電視，聽到房門打開聲，抬頭，向梅芬睥睨一眼，又調回到電視螢幕。

劉琦知道梅芬這女孩。中學時代，梅芬就常拉著幾個女同學，說是來找錢偉討教功課，總是在家糾纏胡鬧。多年以來，劉琦就沒對梅芬有好印象。

錢偉向梅芬使了個眼色，梅芬呶了下嘴唇，嬌柔地說：「阿姨，我回去了。」

劉琦冷漠地應了聲：「嗯，再來。」

梅芬走後，錢偉在劉琦身邊坐下，眼光也投注在螢幕上，吱聲不響。

劉琦其實也不老，才四十三歲，服飾打扮還是趕得上潮流，蠻時髦的。這十幾年來在上海過來，蕪湖郊區外鄉村時的純樸早

見到梅芬時

就沒了。如今是精緻淡雅的妝容，配上自信明朗的微笑，總是讓錢偉他老爸暗底裡吁歎，家裡那位大他五歲的元配，卻也是太老態龍鍾了。

錢偉雙眼也盯在電視螢幕上，說：「能叫老爸今晚早些回來嗎？張莉莉剛來了電話，說是屋業經紀人催款了，要簽署租賃合同。」

劉琦看了他一眼：「手機。」

錢偉從褲袋裡掏出手機遞過去。劉琦的手指在數位鍵盤上飛舞：「喂。老錢，明早你肯定要回湖州嗎。那好，你就跟陳老解釋下，錢偉有事找你商量，你今晚跟陳老少喝兩杯，早些回來，啊。」

劉琦關上手機：「我說錢偉，你跟梅芬是怎麼回事？你不是說她正在辦離婚嗎？你湊進去摻和，適合嗎？你又不是特喜歡她。」

「我跟她沒事，也不會有事。」錢偉斜睨了他媽一眼：「倒是妳，妳該早些辦下護照，早一點過去。馬來西亞那裡的手續辦一辦，妳的那些東西，我早些給妳轉出來。轉到了那裡後，妳要

窺視

122

再轉到哪個國家，就好辦了。爸那裡，我估計他還會拖上些日子。他是會觀望觀望的。」

劉琦說：「我還是有些不放心，尤其是你的張莉莉。你是打算什麼時候回馬來西亞去？」

錢偉哈哈笑著說：「張莉莉，這小女仔能幹什麼。我釘死她。媽妳明天轉十萬到我的帳號上。我先轉到那邊，妳辦個星馬泰的簽證，先到新加坡等我。」

「我說你是什麼時候過去？」

「一個星期吧。明天，我跑趟義烏，再到汕頭轉一轉，去見兩三個潮州仔。在回去前，要是老爸還是不放心，我會抽個時間到湖州去給他說一說。妳這筆款項，算是我們的先鋒隊，照我的想法，絕對合法。」

錢偉的老爸名叫錢紅軍，六十年代的知青，下放安徽蕪湖的郊區。在那裡遇上了當時還在上中學的劉琦。兩人都肖虎，卻是相差了一層十二歲。那時這段師生戀還在鄉村裡起了不小的影響，四人幫要是能多撐上三個月，錢紅軍可能已被發配到貴州

123

見到梅芬時

的山林去了。文革結束，錢紅軍獲得平反，回到家鄉湖州。那時，錢紅軍的愛人早已從東北調回來，而且一回來後就當上了軍部的領導幹部，成了錢紅軍的頂頭領導。有幾年的時間，錢紅軍把劉琦與錢偉的存在隱瞞得天衣無縫，但當錢偉要在蕪湖鄉下上小學時，事件就捅破了。一番周折後，這類歷史問題也就在各方協調下，當作無可奈何的事實被接受了。劉琦帶著錢偉被安排到上海住下，並在錢紅軍的老婆的協助下取得了上海的戶口。這一事實，讓錢偉的老媽劉琦對這大她十七歲的姐姐，既敬畏又懼怕的。八十年代經濟市場的開放，錢紅軍成了第一批步入小康的受惠者，在浦西為劉琦母子購置了一套三房一廳的房子。據錢紅軍說，這還是他老婆主動提出要為劉琦購置的。劉琦剛來上海時，還在某個單位上班，八十年代中期，錢紅軍經濟好轉後，劉琦就自動下了崗，過後就沒再上班了。這下崗和錢偉到馬來西亞讀書及結婚的事，錢紅軍與劉琦都沒讓那位身居要津的領導大姐知道。領導大姐因黨政工作而似乎忘了這對母子的存在。

窺視

領導大姐跟錢紅軍生過一個兒子。平時錢紅軍都是在湖州市郊的縣城上班，過著單身的生活。領導大姐帶著長子住在湖州的軍部高幹宿舍。長子大學畢業後，進了解放軍軍校，跟母親一樣，都是又紅又專的先進份子。

　　錢紅軍所管轄的縣城這幾十年來進行了翻天覆地的改造與建設，身居要津的他在官商兩道事業上，套句他自己的話來說：「還可以，還行。」只是臉上的笑容，就是有些僵硬沒了柔順感。

　　對在上海生活過來的劉琦來說：「老錢這幾年是上了道，順了流，長了眼，沒讓我瞎了眼。」這幾年來，劉琦出門都以打的代步，遠離了公車的擁擠，也算是出頭了。

　　對市場經濟有所體會的錢偉來說：「老爸的黨性還是太強，大好的形勢下一定要乘勝追擊才行。」時間就是金錢，機會更是稍縱即逝，錢偉就是為他爸焦急。

　　「你說義烏，又說汕頭，你總得跟我說說是怎麼回事吧？」劉琦一想到近期內就要從帳號上移動款項，心裡就有些不安與焦慮。

見到梅芬時

「就跟妳說吧。到義烏和廣州，我是幫一批到中國來購貨的商家付款。我先幫他們付了中方廠商的款項，貨物運抵馬來西亞的購貨方後，我就在那裡跟他們收款。當然，我不是一個人在幹，我只是替馬來西亞的幾個大老闆在中國這裡融資。我們收取的就是這份融資的服務費及運輸期間的利息。如果這條路線行得通，這就是條通天的路。至於汕頭的潮州人，他們在星馬有一個龐大的銷售網，是賣光碟的，每個城市都有他們的線人。生意大的很。那些人在檳城找過我。是一門不錯的生意。我就是想去汕頭看看實際情況。」錢偉雙眼雖然還是盯在電視的螢幕上，嘴巴卻沒停著：「這幾年來，我是脫胎換骨了。讀什麼書，一年的工資還抵不上我幾個集裝箱的周轉費。老爸也不是真的要我去修什麼文憑。他是要我找一條路。我就是在想，國內的光碟業就是條康莊大道。我是想以馬來西亞做基地，印尼泰國越南，印度孟加拉巴基斯坦，都是可以發展的地方。我是想找那幫潮州人談談。沒走出國門，真得不知道是遍地黃金。」

　　「別把夢做得太美了。」劉琦瞄了他一眼，「你爸還有他的想法。你那張莉莉的事，就處理得不好，是他心頭上的石頭。現

窺視

在這個梅芬的事又想摻和進來。我說，要是你爸知道了，湘菜館的事，肯定被撤了，你小心才是。」

「梅芬這裡，不會有事。張莉莉那裡，我是把她按住了，她只會聽我的。我只想早點弄到張綠卡，老爸那筆投資到位，我看國籍的問題是解決了。老爸那裡，妳也幫我做做工作。我就是擔心爸那裡，他還沒定下心。」錢偉歎了口氣：「爸是怎麼想的？」

「問他吧。今晚你倆好好談一談。」

2.再見梅芬

劉琦再次見到梅芬時，已是六個月後的事。

梅芬一走進家門，就朝她彎身鞠躬：「阿姨，妳好。」

站在梅芬後面的錢偉，也衝著她一臉傻笑，笑得有些邪惡，笑得她臉頰皮發麻。

劉琦還是在臉上擠壓出個微笑：「坐吧。」說著，她自己卻已從沙發上站起，移步往自己的寢室走去。

錢偉靠在梅芬的耳邊：「到房間去。」

見到梅芬時

劉琦聽到錢偉的房門在身後關上，停下，轉身，又回到大廳的沙發坐下，拿起電視機的遙控器，耳朵卻往錢偉的房間傾聽動靜。

　　這六個月來，錢偉像是脫胎換骨，成熟長大穩重精煉得像是換了個人似的，就連他爸錢紅軍前些日子都說：「錢偉這小子，還是有些許出息的。」

　　四個月前，劉琦去了一趟新加坡。在這之前，劉琦將自己的私房錢交給錢偉。據錢偉的說法，是通過在廣州的某種物流業務的金融交易，不留痕跡地把這筆錢轉移到馬來西亞他的帳戶了。這孩子還有良心。帳目條理分明，匯率折算的款項有條有理，清澈透明。當時還擔心這孩子必定會在周轉調控間有不軌的行為，或私下抽些油水或匯率低調。事實證明，交給他多少人民幣，按照銀行的匯率，折成多少歐幣，在新加坡時，錢偉分文不少地交到她手裡。這讓她放下了壓在心頭的大石，當場就抽出兩千歐幣遞給錢偉，說：「這是媽賞你的。」

　　劉琦在新加坡的外資銀行開了個外幣存款的戶口。在辦理手續的過程中，在涉及到機密事項如戶口密碼與網路操作程序，錢

窺視

偉都避嫌似地退下。這更讓劉琦深感寬慰。這孩子終究長大了。事後，劉琦就把銀行的帳本存放在錢偉那裡，一是對錢偉交了心，二是對安全有深一層的考慮。

過後，劉琦又隨著錢偉到馬來西亞的檳城，看了孫子媳婦，參觀了錢紅軍投資錢偉掌管的湘菜館，目睹了錢偉在湘菜館業務外從事的所謂的中國物流業的操作，也聆聽了錢偉的淘淘大志與策劃鴻圖。但最讓劉琦刮目相看的還是錢偉那一口流利得翻滾暢順的英語，那一派面對印度人與馬來人時面不改色地的雄霸氣勢，就讓她暗自叫好，暗自問道：這是我的孩子嗎？

她本來是要錢偉將人民幣兌換美金的，還是錢偉高瞻遠矚，說是歐幣更為堅硬，這不，四個月下來，劉琦前些日子稍為結算，存在新加坡外資銀行的外幣存款就增值了一小筆。

這些那些的，都是讓她感覺到錢偉在處理錢財的精明與強悍。更讓劉琦感動的是，有一次張莉莉當面頂撞了她，錢偉當即把張莉莉拖進廁所，跟著是兩響耳光聲。這耳光聲是多麼的悅耳，多麼讓她窩心，讓她感受到錢偉的孝順。

見到梅芬時

劉琦回到上海後，就如獲至寶地全盤向錢紅軍報告了。

錢紅軍當時是不加置評地聽著。他知道劉琦眼光的穿透力度，也知道劉琦的審時度勢能力。他只是淡然地聽著。

綜合了劉琦的評估與自己的觀察，在一次通過電話與錢偉交談後，錢紅軍於兩個月前就辦了旅遊新加坡馬來西亞與印度的簽證。不久，錢紅軍也去了一趟海外。

回來後，劉琦雖然百般盤問，錢紅軍只是說是轉了一些，這一趟還是可以的。

昨晚錢偉抵達上海後，只跟她透露說他在新加坡時，還見到老爸的老上司，那個蕪湖的黃叔叔。過後就帶著老爸和黃叔叔兩人到印度的新德里與孟買轉了一圈，才回到馬來西亞的。雖然還沒跟錢偉詳細探聽，劉琦心裡就是一股不對的勁。這老錢跟黃老走在一起，應該是好事。老錢就是不應該瞞著。劉琦早上起身時就想找錢偉說這事的，豈知錢偉一早就出門，讓她等了整個上午。

再見到錢偉時，果然也見到了梅芬。

劉琦雙眼雖然是盯住電視機的螢幕，但心裡還是侷促不安，就怕錢偉沒發現她擱放在衣櫥抽屜的兩盒保險套。那是她聽說錢

窺視

偉就要回上海，特意到便利店買的。還跟老錢說了這事。老錢說這小子再出事，我殺了他。

直到黃昏降臨，錢偉和梅芬才從房裡出來。

錢偉滿臉春風，梅芬卻是一臉淡然，兩人都是沒事樂一樂的清閒狀。

梅芬還說：「阿姨，我們要去吃晚飯，一起去吧。」

「是啊，媽要不要一起走？」錢偉站在梅芬背後，比著手式向她要錢。

劉琦從皮包拿出一把錢塞給錢偉：「早去早回，你爸已經在路上了。你房間也要收拾收拾，別讓他看見了。」最後一句，劉琦顯然是對梅芬說的。

兩人剛走，電話就響起。是錢紅軍。說是辦公室裡出了一些事，今天是趕不回來了。明天蕪湖的老黃也要過來，還帶了個朋友，要錢偉這幾天在家裡待著。

當年錢紅軍下鄉到蕪湖時，還正二十七八歲，什麼事都會跟劉琦說，而且總是倚老賣老，總把劉琦當作黃毛丫頭來開導。如

見到梅芬時

今都近五十時，六十開外的錢紅軍卻是緘默得像是一粒石頭，尤其是當上縣委書記後，黨性自覺更強，一些事都不往家裡傳。

對劉琦來說，也好，省心。這年頭提心吊膽的事多的是，有什麼風吹草動，還有那個老大姐在頂著，輪不到她劉琦。但她就是情不自禁，老發噩夢。但劉琦也不是個省油的，尤其是年前錢偉跟她說老爸不是真心實意的要他到海外留學，她就留了心眼。果然，錢紅軍這幾年似乎更慷慨了，一些小錢沒有計較不說，還常有一些巨額的款項，總是讓她在處置過程中感到心煩意亂。

平日閒聊時，劉琦說新加坡是個好地方，中西匯合，又是華人社會，是個可以終老的好地方。好山好水，跟馬來西亞又只是一水之隔。

錢紅軍說新加坡離中國太近了，要嘛就走遠一點，印度或巴基斯坦或南非或太平洋的島國，那裡才有異國的風味與情趣。

劉琦說：「我還是喜歡新加坡。錢偉就是要我去新加坡。綠色的天堂。那裡有很多的外資銀行，能夠外資存款。新加坡的護照也好使，到那個國家都受歡迎。我當初就說把錢偉送到新加坡

132

窺視

讀書，你看，這幾年都過去了，要不，我看連新加坡的護照都到手了。馬來西亞是個回教國。我說當年你就應該聽我的。」

錢紅軍搖頭，連說：「婦人之見，婦人之見。」

晚上，錢偉還是遵從劉琦的話，九時前，就回到家裡。

錢紅軍趕不回來，對劉琦和錢偉母子來說，正是件好事。一些事是不能在錢紅軍面前提起，也有一些前提的佈置只能是母子倆共同商議的。

那晚，錢偉就跟劉琦說這次是他最後一次以中國人的身份回上海。過後他可能會有六七年不會回來。很快就要申請馬來西亞的國籍。聽說要五六年不能出國。「老媽你要見我，就得到馬來西亞了。馬來西亞不錯，我的新房子裡就留著一間大房，給妳和老爸準備的。」

說著時，錢偉看見劉琦還緊皺著眉頭，想是憂心忡忡，不禁粲然一笑：「是不是又想到梅芬的事了？」

「你跟她提了這事？」

「傻瓜嗎？笨蛋嗎？找死嗎？」

見到梅芬時

「我是怕她急。怕她纏。那好，你要懂得處理。」劉琦總算
對錢偉還是有信心。下午她進房一看，保險套盒是開了封，缺了
兩個。就是怕這小子該收手時不懂得收手，被「貪」字害了。
「你說說下你父親跟你在串通些什麼？這老頭，近來總是隱瞞
我，就是不讓我知道。」

　　「老爸是為妳好。有些事，妳不知道就是好事。省心。」

　　「我是你老媽，你總得透透風。」劉琦歎了口氣。

　　「那好，我就跟妳說了。」

　　兩個月前，錢紅軍和老黃到新加坡跟錢偉見面。在新加坡
時，錢偉在幾家外資銀行開了帳戶。過後他們又轉到新德里。錢
偉在馬來西亞讀書時的一位印度同學在畢業後跑到新德里搞國際
貿易。這位印裔同學在新德里接待了他們，介紹了一些生意人，
也去了孟買，見了一些中東的商人。

　　「這些中東的商人是黃叔叔的朋友。這是我意想不到的。像
黃叔叔這樣內陸城市的幹部，還會有這樣的域外友人，確實讓我
刮目相看。我替黃叔叔當翻譯，老媽，妳沒看到當時老爸自豪驕
傲的樣子。」錢偉說著時，也是滿臉驕矜。

窺視

「你老爸是在搞什麼？」

「我要是沒跟著去，我還不知道老爸還是有些學問的。他就知道孟買的印度商人在傳統上都跟南非的印裔商人有密切的往來，是闖蕩南非的門戶。老爸對南非有興趣。這也出乎我的意料。」錢偉說到興奮處，不禁手舞足蹈。

在新德里和孟買走了一星期，兩地都開了一些銀行帳戶。錢偉的那位印裔同學在新德里的商界還吃得開，而且他也正想拉攏一些印度投資商到中國來尋覓商機。這正中了黃叔叔和錢紅軍的下懷。大家都談得很融洽，都有進一步合作的意願。

「一路上，黃叔叔都只是在觀察，而且常跟老爸說上些像是不願意給我聽到的話。我體諒他們，走得遠遠的，但我多少都能猜測到。說實在的，老爸是長了眼，是看了世界。就是不好太迂腐。」

劉琦瞪住錢偉。這哪像是幹部子弟能說出的話。她感到一股冷冽的寒意從頭皮蔓延而下，不禁微微顫慄。但她不能反駁。心底深處，她何嘗不是有過這樣的想法。

見到梅芬時

「老爸還要我找個時間去趟瑞士。那是傳統的做法。這種想法也太落伍。世界那麼大，那個地方都不會不為熱騰騰的錢提供方便？爸喜歡檳城，吉隆坡是太顯眼了。檳城更靠近馬泰邊境。我們還到馬泰邊境，市場拓展的機會是有的。我們也見了一些在邊境做生意的泰籍商人，都是些跟我在生意上有來往的朋友。老爸跟黃叔叔對我的安排都很滿意，唯一的遺憾就是沒預先申請泰國的簽證，沒到泰國去。當時我還建議私下找個帶路人闖關，黃叔叔說沒有這種必要。知道能行就好。」

　　劉琦盯住錢偉的臉。她真不願相信這孩子的城府是如此深邃。她不相信這孩子不知道那老爸的意圖。就連她劉琦都知道老錢一直在佈置著一盤棋局，這孩子不可能看不出。錢偉不願跟她說白了，大家就是心照不宣，就是不想捅破。

　　錢偉看到劉琦一臉迷惑，就轉了話題：「老爸對小孫子還是很疼愛的，幾聲『爺爺』就讓他笑出眼淚來。老爸不喜歡我給孩子取的洋名，『什麼東尼，東尼的，我們不是洋鬼子，以後就叫錢泰。』張莉莉這次學乖了，立刻改口，現在就叫孩子『泰泰』

窺視

的。這讓老爸對張莉莉的態度不再那麼生硬了。怎麼，老爸回來後，沒跟妳提起這事？」

劉琦歎了口氣：「怎麼會沒提？他還要我提醒你，馬來西亞還是個講究人權的國家，以後你動手，就要輕一些，不要鬧出事來。女人聽話就行了。」

「那妳覺得張莉莉怎樣？」

「還行。她聽話就行。也別太難為她。她對媽還是很孝順的。我越來越喜歡她。難得她的普通話能說得這麼好。她很聽話，能尊老，我們就滿足了。」劉琦那次在馬來西亞住了兩周，目睹耳聞，對張莉莉這女人算是解了戒心。這是個簡單的女人，除了美貌與嫵媚，除了青春與嬌嫩，就是只能守著孩子過生活。劉琦就常想：這女人真不容易，錢偉像頭牛，難為她。

「我還要她學寫華文字。我會要她給妳寫信跟你們問好。」說著，錢偉拿起座機，給錢紅軍打了個電話：「爸，是我，錢偉。」過後就只是「嗯，嗯」幾聲，並說：「好咧。我在家裡待著。」

見到梅芬時

錢偉擱下電話，轉身對劉琦：「媽，妳準備一下，星期六妳跟我去趟汕頭和深圳，還要到溫州轉一轉。一些人一些事妳見識下也好，以後我不在國內，妳或者能替我處理一些事務。老爸是這樣吩咐的。老爸明天跟黃叔叔一起過來。肯定有一些事要辦。」

　　劉琦沉默不語。看來，接著下來的日子，她不會再悠閒度過了。

3.三見梅芬

　　劉琦站在酒店房間內的落地長窗前俯視，前方就是吉隆坡燕美路的時代廣場，熙熙攘攘的購物人群，在烈日的照耀下，匆忙地移動。

　　室內清涼的空氣裡，凝滯著劉琦忡忡的不安。

　　電話聲響。是錢偉。「媽，妳沒出去吧。梅芬到了。我們就在妳隔壁房。我們等會過去找妳。妳別走開。」

　　距離上一次見到梅芬，已是四年後的事了。

窺視

上一次見到梅芬時還在上海。一年後，劉琦就移居到馬來西亞的檳城，跟張莉莉住在海邊一幢豪奢和舒適的別墅裡。過後不久，劉琦也獲得永久居留證。雖然錢偉一直在遊說她申請入籍，劉琦還是一直在猶豫。錢紅軍事發後，劉琦終於遞呈了入籍的申請。

這一次劉琦到吉隆坡來會見梅芬，也是事出無奈。劉琦是不願意見到梅芬的，這女人從小到大，就不曾讓劉琦喜歡過。

有一天，錢偉跟她說他在新加坡的投資和朋友的協助下，梅芬已經獲得新加坡的公民權，算是入籍了。錢偉說他在新加坡也有房子，問她要不要到那裡跟梅芬一起住。那晚，她躲在房裡痛哭。她不是為張莉莉，也不是為她自己，她是為老錢，為錢紅軍而流淚。連梅芬也風光地出來了，就是老錢，還要在獄裡蹲多少年。

錢偉的事業是做大了。新加坡、馬來西亞、印度和南非都有投資；在中東和瑞士，還有一些銀行帳號。每個月，錢偉都要在這些國家間巡迴，說是視察業務，但憑劉琦的觸覺，錢偉在每個

見到梅芬時

國家都安了家，女人都是直接從上海入口的。劉琦那裡都不願去，就守著張莉莉守著劉泰。張莉莉是她親手帶進家門的，只要她劉琦還在，張莉莉的位置還是確保穩定的。

劉琦的執著與堅持，讓錢偉有了藉口把身邊的女人都拒絕在婚姻的門外。

劉琦是不願意見到錢偉的這些女人，尤其是這個叫梅芬的。

但錢偉說梅芬上個月去了湖州一趟，見了監獄裡的老爸。老爸要梅芬到鎮江見了個人，跟那個人要了件東西，並說要梅芬親手交給劉琦。

出事後，梅芬就一直在國內替錢偉奔跑和探訪消息，是錢偉留在中國的耳目。

「老爸鄭重地跟梅芬說：『妳不可以讓錢偉轉交。這事妳可以讓錢偉知道，但妳要親手轉交給劉阿姨。』」錢偉當時是這樣對劉琦說的，「妳不見梅芬也行，但那封老爸的信就不好處理。」

於是才會有了劉琦飛來吉隆坡和梅芬會面的安排。

錢偉確實變了。尤其是那雙深潭似的瞳子，深邃得看不到底。錢偉像是早就意料到錢紅軍會出事，而且出事後的打擊與損

窺視

失都好像是在他的預算之內，他早有應對的策略。事發時，錢偉穩定沉著，沒顯得進退失據。他採取調控與回避的對策，把殺傷力減弱到最低點。即便是感情的衝擊，他也是淡然處理，像是他老爸出了趟遠差，沒幾年，就會平安回來安度晚年。

他很從容。

事後錢偉承認他早就知道錢紅軍在杭州還有個女人。他從來沒向劉琦透露，是不想讓劉琦傷心。但從整個事件的最終結果看來，錢偉顯然是最大的受益者。杭州的那個女人就是錢紅軍身邊最具殺傷力的炸彈。錢偉不需要防禦，而是適時去點燃。每次觸及這個想法，劉琦都感到毛骨悚然。

杭州的女人突然發覺錢紅軍私下幾次出國，更有一些詭譎的行為。劉琦也移居到馬來西亞去了，兒子又像是在國外投資，上海的產業也像是在轉售。

杭州女人一捅，就捅出「腐敗」的事件來。錢紅軍措手不及，同時也供認不諱。

那時，錢偉和劉琦都在吉隆坡。梅芬捎來的訊息，對錢偉來說，像是遲來的新聞。

見到梅芬時

錢偉唯一的歉疚就是：我們害了黃叔叔。

錢偉說：「我們是有足夠的防範，就是沒想到那個杭州女人。黃叔叔更冤。要能再拖上兩個月，黃叔叔就已經到南非去了。」

但對劉琦來說，除了老黃，她對錢紅軍的元配，那位身居政軍要津的幹部大姐，更是愧疚不已。

劉琦在這落地長窗前一站，就站了一個小時。門鈴聲響，她才從沉思裡驚醒。

門開處，是梅芬和錢偉，笑咪咪地，就像當年在上海的寓室裡沒事樂一樂的清閒狀。

「劉阿姨，妳好。」這一聲招呼叫得爽朗，已沒有在上海時的拘謹和羞澀，有的是些許的輕佻和浮躁。

劉琦眼角一瞄，這已經是個女人體態了。肚皮上的那膘脂肪，眼角的魚尾紋，都透露出這身軀的老態。然而，就因為有錢偉可以傍著，這女人還是亮麗的、璀璨的。

「坐吧。」劉琦淡然回答，在沙發上坐下。

窺視

沉默在空間凝結。劉琦感受到冷冽的寒意在室內盤繞。

錢偉在床上坐下：「梅芬，不要再磨蹭了，不就那一封信，那幾句話，我們不是還要到雲頂高原嗎？媽，要不要跟我們一起去？」

「不。我是跟朋友約了見面。你們去吧。梅芬，妳見到了錢伯伯？」

「見到了，身子還是硬朗的，心情也是舒暢。」

沒有了那份羞澀，梅芬已不是上海的那個女孩，而更像是辦公室裡的白領。錢偉在新加坡開了間貿易公司，梅芬就是這家公司的董事，而那個出錢的錢伯伯，還就是「身子硬朗心情舒暢」地在獄室裡細數歲月。想到這，劉琦不禁眼眶盈淚。

「錢伯伯要我到鎮江，跟一個姓林的要了這封信。錢伯伯沒說什麼，就說阿姨妳看了就會明白。他要我確保不讓錢偉打開這封信。現在錢偉和阿姨妳都在這裡。我把話也在這裡明說了。我一直都把這信收藏著，沒讓錢偉動過這信。如果阿姨妳有什麼疑惑，現在就可對質。還有，下個月我可能要回上海一趟，阿姨妳

見到梅芬時

要是想傳些什麼，就跟我聯絡。我會去湖州，我們在那裡有幾個供應商，還能辦一些事的。」

劉琦從梅芬手上接過一封薄薄的信。

「錢伯伯說幾年就這麼過去了。等著吧。時間是站在我們這一邊。」

「沒事啦。沒事我們現在就要上雲頂。今晚我們會回來。梅芬明早還要趕回新加坡。」錢偉站起，拉著梅芬就向房門走去。

劉琦抬頭，恍然間，錢紅軍就像是站在門邊，為錢偉和梅芬打開房門，並且再三鞠躬，目送他倆離去。

窺視

冷風迎面刮來

　　路前方的梧桐樹在冷風裡晃擺，一陣冷風帶著雨絲迎面灑落過來。

　　喬治低垂著頭，邊抽著煙，

　　斜扭著臉，邊緊皺著眉頭，急速退回到玻璃門內來。商廈的自動玻璃門隨即關上，把初春的寒意與潮濕隔離在門外。喬治環顧四周，然後走到一個垃圾箱處，把手頭上的煙頭捺熄。他看到我還站商廈的出口處，就向我走來：「他媽的，好冷。」

　　我朝商廈的左方瞅了一眼：「這裡有家星巴克咖啡館。坐一會吧。」

　　我們上班的工廠是在上海浦東。

我負責的是產品的品質管理。喬治是工廠財務總監與行政的副總，可說是我們馬來西亞總公司派過來的執行總裁。要說職權，他可說是我的上司。今早，他打電話到我的辦公室找我，說他要到浦西的一家企業登記代理事務所，向公司的法律顧問諮詢一些有關到武漢設置分廠的事項，問我要不要陪他去一趟。

　　我是無所謂，反正手下有四位副經理，天大的事，都會有他們撐著。喬治是個正宗的「香蕉人」，滿口流利的英語與馬來語，就是不懂得華文。陪他出席一些公司業務上的洽談會，已是我正式職務外的份內工作。在洽商的場合，我充當他的翻譯。這人很精，來了中國兩年，普通話多少是聽得懂，但幾次在跟中國人的討論交涉會上，他會裝傻似地望著我，等候著我為他翻譯，其實我知道，他的頭腦裡正在盤算著恰當的應答。

　　我也不是第一次陪伴喬治出門。

　　我們抵達企業登記代理事務所後，他把公司的車子與司機打發回去。通常我們都是在辦理完正事後，就會在浦西四處溜逛，不會再回到浦東的工廠了。

窺視

這家企業登記代理事務所是在南京西路的一幢商業大廈內。喬治在跟我們的商業顧問洽談後，就把當時所收集到的以及自己帶來的資料放進個大信封，要事務所的業務員把它給送到浦東他的辦公室去，然後，我們兩人空著手，灑脫地就要走向南京路去。

在星巴克咖啡館內，喬治啜了口卡布奇諾，邊掏出手機，邊說：「我今晚是不想回浦東。我現在聯繫安華。要不要跟我們走？」

「梅芬來不來？」

他微笑著向我搖頭，並用手摸了大腿處的褲袋向我示意，就垂著頭用馬來語跟手機上的安華交談了。

這就是我們半年多以來的消閒生活方式。他說今晚是不想回浦東，就是說他會在新天地附近的一家涉外賓館租一間房，然後整個夜晚就會在新天地的酒廊或衡山路的酒吧間泡浸。租房是備用。這夜晚會有什麼樣的結果，是難以預測，但睡眠休憩還是需要的。他用手摸了褲袋，是示意說他有把護照帶出來。其實他是

冷風迎面刮來

可以用他的工作證入住賓館的，但出示工作證，就會洩露出他工作的公司名字，所以還是用護照方便。

　　安華是馬來人。他是馬來西亞一個大財團主席的侄子，目前是這財團在中國上海投資機構的執行總裁。年紀還輕，三十五六，是馬來西亞某政黨領袖的長子，也是喬治目前全心全意經營著護理著的「兄弟」，用喬治的話來說，是「我未來的主子」。前些日子，喬治就跟我說過，安華的妻子最近回馬來西亞省親，喬治跟安華通電話，我也就知道他的思路了。我問梅芬來不來。梅芬是喬治近期的女友，她沒來，也就是示意我不要把張桐召來。張桐是我目前的密友。通常只要喬治沒帶上梅芬，我也就不好帶著張桐了。今晚的集會看來只好是只有喬治，安華與我，清一色都是男人了。

　　「安華說他還會帶蘇巴馬廉來。他們會在晚上八時到酒店找我們。」

　　蘇巴馬廉是馬來西亞某個印裔財團在中國投資專案的主要策劃人。這人來上海市也有一年了，但他一直在上海與常州間跑

動，一年來我也只見過他兩三回。馬來西亞的印裔財團跟印度的電腦業商團拉上了關係，一起合作到中國常州來發展電腦軟硬體的開發，憑藉著印度在軟體領域內的優勢，再加上中國的創意與市場的潛能，這本來就是個很有前瞻性的投資策略，所以我一直都對蘇巴馬廉存有敬意，覺得他是馬來西亞印裔中少見的商業才俊。這兩人都是我很樂意結交而且有意深交的人，我於是爽快地說：「今晚我就跟你們走吧。」

「那好。」喬治舉手招呼侍者：「我們先去租房，休息一陣子。傍晚時，我們再到『野馬』那裡看看佐尼。我們有一個月沒見到他吧！」

佐尼姓鄭，三個月前還在吉隆坡孟沙區的一間酒廊唱歌。歌唱得不錯，前些日子就讓一支來自馬尼拉的樂隊看上了，邀他加盟，過後他隨著這支菲律賓的流行樂隊來到上海，在靠近靜安寺附近的一家新加坡餐廳演出。那是一家我們常去的餐廳。我們在那裡點菜時的口音，就把佐尼吸引過來了。過後，我們見過幾次面。這小子還行，還挺敬業的，一心就是想唱好歌。他那腔深厚

冷風迎面刮來

沙啞的嗓子把東南亞幾個國家的民歌流行曲都唱得很地道，聽來鄉味十足，為餐廳招攬了不少東南亞來的客人。

開了房，在房裡休息了一陣子後，洗了澡，我們就匆匆趕到新加坡餐廳。

時間已近黃昏，餐廳裡斷斷續續來了些客人。佐尼鄭的樂隊要到七時才上場，我們才走進餐廳，在擺弄樂器的佐尼鄭就已跟我們揮手，才就座，他已趨前過來。這時，喬治已發現餐廳內多了三四個皮膚褐黑的女孩，十七八歲的模樣，在餐廳內捧盤遞杯四處遊走。

喬治斜睨幾眼，跟佐尼鄭說：「是不是從菲律賓過來的？」

佐尼鄭回頭一瞥：「都來一陣子了。就是不想回菲律賓去。老待在這裡，簽證也過期了，說是來旅遊的，錢花完了，現在就傍在樂隊上。老闆也不當回事，也不怕公安。」

「我想介紹跟我的朋友認識，你說，她們會接受吧？」

「怎樣的朋友？」

「印度人與馬來人。都是講英語的。」喬治的腦筋轉得快，我終於看出端倪。

窺視

「要是講英語的，好溝通，我想應該不會有問題，等會我跟她們打個招呼就行了。」佐尼鄭微笑著說：「你們好一陣子沒來了。很忙嗎？」

「忙倒是不忙，生活就是這樣，這城市也是太大了，總是有新鮮的地方。」我說：「想來，可總只是想而已。」

「Fuck，別胡扯。佐尼，服務員呢？」喬治叫嚷。

佐尼招來了個小賓妹，然後離開，到音樂台上去調音。

喬治跟小賓妹調戲扯談間，也把菜肴點了，都是一些以我們的口味來說，根本就是我們不可能在馬來西亞吃到的所謂的正宗「甘榜飯」。喬治知道我不喜歡這類型的家鄉飯，為我點了一份牛排。

這時佐尼鄭走過來笑咪咪地說：「還行，那幾位賓妹說只要是能講英語的就行，最煩跟人比手劃腳的，像隻公狗和母貓。她們是十一點後就能下班，最好是到舞廳跳舞。」

「我也跟剛才的賓妹說了，還可以，沙灘味特濃。我的朋友還沒到。不知道他會有什麼安排。十點半前我會聯絡你，你也跟我們一起走吧，都是些馬來西亞人。」

冷風迎面刮來

「我不行，樂隊要到兩點才能下班。她們都是很開放很爽朗的，其中兩個還是馬尼拉的大學生，很好談。」佐尼鄭苦澀地微笑：「你們玩個痛快吧。」

　　這時，喬治的手機又響起。是安華。他們已在逸仙路的高架上，會直接到酒店的大廳。喬治說：「一起吃飯嗎？」

　　喬治關了手機，沉默不語，一臉沉重。抬眼望著我：「安華的情緒很低落，像是發生了什麼事。說是和蘇巴馬廉一起吃飯了。他們正趕過來，要我們幫他出主意。會是出了什麼差錯，一向以來，安華都是很穩重的。」

　　「不會有事吧？他們那家公司是首相訪華時在兩國領導見證下簽證的投資項目，而且有一批法律顧問和地方政府在背後撐腰，會有什麼大不了的事？」我的眼睛在餐廳裡巡視，隨口應答。

　　馬來西亞的總公司是一家從事高速公路基建的，在河南的一個縣市承攬了一項五十公里的高速公路建設工程。駐華辦公室是設在上海，安華就住在華山路一帶。根據喬治的說法，安華在

窺視

上海的主要目標是尋找一些別的投資項目，如製造業或是國際貿易，至於高速基建那一塊，是由一批專業的土木工程師在照應著。

「聽他的口氣，就是不痛快。總之，我看今晚是辦不了事的。」喬治大口進食：「我們還是早些回到酒店等他們。」

趕回到酒店時，安華和蘇巴馬廉都已在大廳旁的咖啡座上等候了。

坐定後，大家都感受到氣氛凝重。

還是蘇巴馬廉先開了口。他說：「我第一次遇到這樣的事。你們兩個都在中國待了幾年，都是華人，或者你們會更瞭解這裡的法律或遊戲法規，和這裡的辦事方式。」

我們都望向安華。

這個在去年榮獲馬來西亞十大青年企業家獎的馬來商業才俊，是有些許沮喪，卻不失儒雅沉穩。他說：「也不是什麼大不了的事。我只是想聽聽你們倆的意見。在我的公司裡，除了翻譯小姐，那個辦公室主任，只會用簡單的單字，一些肢體語言。我

冷風迎面刮來

不能跟他們商量討論，連找個人說話都難。我那批技術人員，都去了河南。我找了蘇巴馬廉。他說還是找你們諮詢。正好，你就來了電話。」他望向喬治。

喬治點了些飲料，邊對安華和蘇巴馬廉說：「我們倆是在這酒店訂了房。你們有什麼打算？」

「我今晚打算回家去。明早我還要會見馬來西亞來的法律顧問。公司出了這樣的事，沒興致。」安華苦澀地微笑著回答。

「我就住這家酒店吧。明天下午我要飛到深圳。」說著，蘇巴馬廉就站起來，提著小行李箱到酒店櫃檯辦理入住手續。他長期住在常州，通常出差到上海來時，都會聯絡安華或喬治。在常州的馬來西亞人不多，能在上海跟他倆聚集喝酒談天，也是種解壓。

我跟他們都不是很熟悉的朋友。他們都是各自公司的主要行政管理層，跟喬治是同一檔次的人。我只是喬治底下的一名技術部經理，所以在他們這些人面前，我還是盡量低調。坦白說，我也是跟喬治一樣對安華有所覬覦與期待。安華的父親和伯父都是

窺視

馬來西亞政界與經濟界裡顯赫的人物，而安華，更是他們家族在經濟領域內一心一意培植的人才。跟隨這樣的一顆馬來西亞國內未來的經濟明星，我對喬治諂媚的姿態，和口裡一直掛著的「未來主子」的說法，都能諒解。說到底，我何嘗例外。

我說：「要不要先做安排？」

喬治明白我的意思。他瞥了安華一眼：「算了。不談那事了。安華，還是你說說你的事吧。」

喬治就是懂得察言觀色，他察覺安華沒有反應，就知道安華的心情鬱悶，今晚是不會有那類興致了。抒解他心頭的鬱結才是正事。

安華拿起咖啡，啜了一口：「你們說，中方的總經理在沒有我們的認可下，把我們運進來的機械當著抵押品，向銀行貸款，這是不是違法？」

「你是說沒有得到你們公司的同意？你們公司根本就不可能同意的。」喬治即時回應。

從喬治的回答，我知道喬治是知道安華公司的一些營運規則，看來，喬治一直在經營著與安華的私人關係。

冷風迎面刮來

「就是嘛。當初我們的協定就是：我們進口新型機械與工程的設計技術，他們提供廠房與營運資金的。就是在這種五十對五十的股份比例下成立新公司的。我們的公司根據合約從海外運進了足額的新款機械，他們雖然提供了廠房，但營運的流動資金一直就不能如數到位。這下好了。工程動工都三個月了。流動資金不足的問題一直拖累著工程的進程。總經理說拿廠內的機械去抵押，跟銀行貸款，是短期性的措施。這不合當初協定裡的條規。籌備營運流動資金是他們的事。他們的資金不到位，是他們沒有兌現協定內的承諾，怎麼能拿我們的機械去貸款套現。這是不合理的。」安華一口氣說下來，是有些激動，但流露的還是很大的無奈感。

　　「你們公司不是在建設公司的董事會裡有半數的代表嗎？」喬治小心翼翼地說。

　　「是有代表。都是技術性的工程師，對公司的財務規則都是一知半解。唯一懂得規則的，是我上海辦公室的總經理，那個姓楊的中國人。他兼任了建設公司的副總經理，但在這件事的處理

上，卻站在對方的陣線上。幾個月前，我回了趟馬來西亞，貸款的手續就在那段時間裡完成了。我完全不知道這件事。直到一星期前，有人跟我透露說公司出了問題，建設公司的總經理可能被人檢舉，我才發現了這項不合法的貸款。」

喬治沉思不語。

蘇巴馬廉這時已經辦妥住房手續，回到座位上。他瞥了安華一眼，說：「最重要的是這項貸款的合法性。根據你的說法，你們運進來的機械，照理說是作為資金投資進了這家公司，已經成為這家公司的資產了。公司的董事會是有權力動用這樣的資產來籌募營運的資金。我覺得你們可以在公司合作協定的基礎上起訴對方沒有兌現投資額的承諾。但作為合作夥伴，在目前工程剛開工的階段，就採取法律起訴，是不是恰當，還要三思才好。只要對方在貸款專案上的法律程序都符合政府條規運作，我看不出你能在貸款這事件上能有什麼作為。」

「我們合作的協定上是說明了對方要提供一定數目的資金。這數目的資金一直都不能如數到位，而且也超過了到位的限期。

冷風迎面刮來

我們要對方兌現協定裡的承諾。在這項承諾沒有得到兌現前，動用公司的資產，就是一項違法的行為。我們是有法律的依據。我是想通過法律解決。」安華微皺眉頭：「我真的不願跟他們談判。我說不過他們。他們能從很多個角度來解釋，而且很會拐彎抹角。我承認我不是個談判的高手。我向吉隆坡的總部報告了整件事情的來龍去脈，他們派了一個律師過來瞭解情況。明天就到。」

「能夠不牽涉到法律，我想還是留有餘地的好，安華。」喬治若有所思：「不論從法律的那一個角度出擊，他們都會有對策。在中國，任何問題，都會有很多我們不能理解或能想像到的解決法。我更想知道的是，你怎麼會知道這項貸款的事？」

安華微笑了。他說：「你們大概也想不到吧。我在那裡也有一個人。是建設公司的財務主任。我跟他吃過一頓飯。那人來上海旅遊，跟我見過面。過後，我們一直都有聯繫，河南公司的一些情報，都通過他，我才能知道一些動向。」

我情不自禁，想笑。喬治瞪了我一眼。

窺視

「為什麼這位財務主任在幾個月後才向你報告？」喬治問道。

「他說他以為我默許他們這樣幹的。但這些人越來越過分了，他看不過眼，才想諮詢我的意見。」安華說：「這人不懂得英語，到上海見我時，還帶了個在大學修外文的姪子當翻譯。」

我們都沉默不語。輕音樂在咖啡座上的空間流淌。

「喂，喂。你們怎麼都啞了。我真得很煩。這種事我是不想管的，但我又是總公司派過來的執行董事，不能不管。我還要跟馬來西亞的總公司解釋的。」安華看我們三人都有些淡然處之的意思，急躁地說。

「安華，或者我可以這麼說，你已陷入了建設公司辦公室裡的政治鬥爭。你或者已成為他們的一枚棋子。你仔細地想一想，不論是在你上海的辦公室裡，還是在河南建設公司的辦公室裡，你會發覺有兩股勢力在對峙。你看不到，但你會感覺到的。」我禁不住自己，我還是開口說了。

喬治即時打斷我：「沒這麼嚴重。安華，別聽CS的。我倒是想，你應該怎樣為這項貸款解套，那才是最迫切的。我不贊成

冷風迎面刮來

你從法律上著手。我想應該在人際脈絡上試探，用中國人的思維方式來解決，才是最妥當的。」

CS是我的那些不懂得華文的朋友對我的稱呼。他們不可能稱呼我為陳某某，而是以我的音譯名的簡縮字母稱呼我。

「我同意CS的看法。貸款是一件事。辦公室的人事鬥爭也是一件事。有人就是想藉著貸款的事，在醞釀著一場爭權奪利的鬥爭。我有過這樣的體會。我認同CS的看法。」蘇巴馬廉邊喝著啤酒，邊看著手錶：「這樣吧，喬治，時間也不早了，安華的事，等下再談。你還是聯絡下你的朋友，看看能不能幫我找個俄羅斯的」。

蘇巴馬廉這麼一說，大家都哄然大笑。

安華的鬱抑一掃而空：「喬治，你還是辦下蘇巴馬廉的性事要緊。還有你們兩個，不要因為我而耽誤了。你們兩個今晚不都住在這裡嗎？」

我與蘇巴馬廉相視而笑。大家都心照不宣，喬治拿著電話走到咖啡座的一角，透過我們工廠的一個供應商的聯繫與安排，安排了我們後半夜的節目。

窺視

「坦白說，我覺得目前你會有至少三個難題。第一：那批機械被公司抵押貸款的事。」蘇巴馬廉同意我的看法，讓我感動。我也想突顯自己。就我現在的看法，安華還是個清純的少年才俊，只要我不要鋒芒畢露，還是可以在他的身邊找到恰當的位子。乘著喬治還在打電話，我說出自己的意見：「第二，那位在河南的財務主任，不論他的動機是什麼，你都要仔細TIMBANG（斟酌）他的動機。除非他是有所預謀，不然他是不應該私底下跟你見面的，這不合中國人的行為規則。第三，你說的那個在上海公司的楊姓總經理，怎麼能在這件事上沒有向你報告。那裡頭可能還有一些不想讓你知道的事。」

　　安華似乎覺得我說得太嚴重了。他看了我一眼，然後望向蘇巴馬廉。

　　「在這裡辦公司，辦公室的人事政治就是一種隱形的負資產。」蘇巴馬廉是個謹小慎微的人，他沒有支持我的意見。他只是斟字酌句地說：「安華，在馬來西亞的公司裡，一些瑣碎的人脈關係，可能還不需要你來處理。但在中國，事情還是要靠人來處理的。制度能運作，但潤滑油的作用還是很顯著的。」

161

冷風迎面刮來

「有那麼嚴重嗎？」安華抬頭瞥了喬治一眼：「喬治，除了機械抵押貸款的事，你會認為有更大的陰謀存在嗎？」

　　喬治剛走回來，坐下：「很難說。在我的公司裡，我是想公事公辦。但很難。有些事你就是不能按著牌規出牌。這裡有這裡的辦公室文化，會讓你有眼花繚亂的錯覺。就說那項貸款吧，這裡頭的佈局有多大多深，你不知道，而且你也不會多想，你認為那只是單純的投資資金沒到位的問題。」

　　「是啊。我是這樣想的。這只是資金沒有就如所承諾如期到位的問題，沒有別的什麼人事陰謀論。我目前要考慮的是在法律上處理，還是在人際上，或是通過市政府的商貿局出面處理。」安華說。

　　「好吧。我們就從安華的角度分析，」蘇巴馬廉委婉地說：「就不先說那些辦公室的政治。剛才你在車上時還跟我說因為帳務上的問題，銀行可能還會扣押公司的某些機械。難道說現金的運作都出了問題。」

　　「就是。在現階段，你們說撕破臉是不明智的作法。但解決這件事，能避免撕破臉嗎？明天抵達上海的法律顧問，是依布拉

窺視

欣耶谷。他是個公事公辦的律師。我還是擔心他會向總公司建議採取法律程序。」

「不會吧。依布拉欣是個有經驗的顧問，不會貿然頂撞的。」這個律師我有聽過，是個老滑頭。喬治在場，我是不想搶了他的主導地位，但坦白說，我還是希望安華能聽到我的聲音。我禁不住自己。我說：「我建議你還是透過一些人跟中方的投資者搞好關係，瞭解他們的真正意向。市政府或商貿局可能會替你們出面交涉，但我不相信會有什麼成果。向報章曝光可能有些作用，但裡頭的脈絡沒有梳理好，可能恰得其反，弄巧成拙。我建議你還是找那位楊姓總經理深談，探下虛實，他可以成為你的最好仲介人。」

「我剛才還在考慮著要把這姓楊的開除了。」安華說。

「不好。這樣做就太嚴厲了，」喬治莞爾一笑：「CS說得對。要以中國人的思維與方式來處理。我來大陸都有一段日子了，可能是我受的教育與文化教養的差異吧，對一些問題的中國式處理手段和程序，我還是不能理解。CS在這方面還是比較圓

冷風迎面刮來

滑的，圓滑得像一條蛇。」我不知道喬治是在恭維我還是嘲諷我，但他還是接著說：「CS在馬來西亞是受華文教育的，而且還到台灣上大學，對中國的商業文化還是有些瞭解。」

「你說對了。」蘇巴馬廉接口說：「我的公司裡就是缺乏像CS這樣的人才。公司的一些職員的行為，以我的理解是不能理喻的，但經過他們的解釋後，你又發現在歷史背景下，還是有他的必然性。安華，在這問題上，我建議你還是沉穩應戰。先解決貸款問題，再研究你公司裡的人事政治問題。」

「是啊。我找你們只是想談論貸款的問題。是你們給我捅出辦公室裡的人事政治問題，還有什麼陰謀論，複雜化了我的處境。你們在給我添亂。」

「安華，CS說的也是有些道理。你不能單純地認為這只是資金上的問題。我的第六感告訴我，事情不會這麼簡單。目前你就全力以赴解決貸款的困境，過後你要細心觀察身邊的人就是。」說著，喬治轉身朝向我：「CS，要不要考慮到安華的公司？」

窺視

我做出驚駭狀。其實心中大樂。

「你要Terminate（終結或解雇）我。」

他們都笑成一團。

喬治在經營著他跟安華的關係。我和喬治的關係目前也處於最佳狀態。喬治不動聲色就把我推薦給安華，是想把我當成棋子安排到安華的身邊去。

我像是很被動，其實我也覬覦著到安華身邊的時機。我是期望安華能意識到身邊的人事旋渦和複雜的紛擾，這樣，我的份量就能凸現顯著。喬治在我們的公司裡還有作為，我不同，我幾乎已到了我職業的上限。跟著安華，我會有更大的作為。

喬治對安華是有所期待，安華身邊也有一批人在虎視眈眈，都像一群狼，在守著。想想，我何嘗不是，我也在覬覦著。

這時，安華看我一臉靦腆，竟然向我慰藉：「喬治是一番好意。我想也好。有空時，我會約你出來談談。」

我心花怒放，但還是一臉窘迫的樣子，從我的衣袋裡，掏出名片遞呈給他。

冷風迎面刮來

蘇巴馬廉是善解人意的人，他說：「安華，你就不要再讓你的難題困擾我們了。跟我們去樂一樂吧。」

安華看了看手錶，說：「你們玩你們的，我還是回家睡覺。明天還要忙碌。」他的眼光還是往大門處巡視：「怎麼？還沒來？」

喬治眯著眼望向安華笑了：「俄羅斯、哈薩克斯坦、韓國。」

「不。謝謝。我還有法律顧問、會計師、工程顧問。明早，都會在會議室等著我。」安華苦笑，然後離去。

蘇巴馬廉望著酒店櫃檯牆壁上的大時鐘，喬治在大廳上巡迴漫步，我低著頭盯著鞋尖，心裡一直在盤算著安華的那個大財團裡，那個位置更能靠近行政的核心。

突然聽到喬治的呼喊：「來了。」

我抬頭，酒店大門處，流光溢彩，三個婀娜嫵媚身影，娉娉婷婷走進來。

窺視

我們仨

我曾經寫過一篇散文：〈那時、小鎮、馬路〉。
其中有這樣寫著：

　　孩子們總是蹲在門前的屋簷陰影裡，或是樹陰下，
睜瞪著雙空虛的眼，期待著牛車伯的鈴鐺聲或是拖車伯
的吆喝聲在馬路上響起。牛車的鈴鐺聲在路頭傳來時，
孩子們就靜寂下來，然後一個個悄然從路邊向牛車後部
靠攏過去。通常都有個領頭的，先住牛車後端的空隙一
聳身就跳坐上去，其餘的孩子就會吵嚷嬉笑地跟著跳上

那只有五六寸寬空隙，或站或坐，讓牛車載著他們走一段路程。孩子們說這是「吃風」去。

……

那時，小鎮上那條馬路的孩子是阿泥、阿容、阿花、阿米和阿南。

散文裡的阿容，阿米與阿南，就是三十年後的黃大容、李偉強和我，陳瑞發；都一直住在那個散文裡的小鎮上。

這小鎮已經升格成市，而且名聲還很響亮，叫武吉市，曾經出了個差點成為國家領導的人物。只是風水在那裡出了點錯位，這人物暫時成不了人物。我說「暫時」，因為這人物只比我大了一歲，也因為我對武吉市的風水有絕對的信心，這人物終有一天還是會成為人物的。

這不。我的朋友黃大容和李偉強在這市裡也是個人物。

這兩人當年從馬來亞大學出來，在吉隆坡的鬧市裡沉浸了兩年，突然回到小鎮，說是找到了正確的門路，就是缺乏大展鴻圖的福地，正愁著。

窺視

那時我正好跟著個叔輩學看風水，正在探測武吉市市面上的地理氣象和脈絡走向。

　　一時多嘴，我說：「武吉市就是從商的福地啊。」當時我還硬拉著他倆，走到五指神廟的西北角，指著對面的間鋅板屋，說：「這屋坐北朝南，東西採光，流光溢彩，絕對是個做生意的福地。必發無疑。」

　　這不。黃大容和李偉強當時就是聽我的，十五年下來，就在鋅板屋的福地上，成了武吉市裡的人物。當年他們還硬逼著我向他倆的生意參股，我那時是一心嚮往風水與命相，拒絕了。要不，我跟他們一樣，現在也是武吉市裡的一個人物。

　　說白了，當年也是自己短視。

　　他倆跟我說是處理污水的生意，說是綠色工業的廢物處理。

　　當時我就暗笑。武吉市市裡就有條大水溝，每天不就是在處理污水廢物的；武吉市郊區不到五里處，就是藍天碧海，其間河溝橫貫，還有待你倆來處理污水廢物的？

　　他倆開業時是向人租了那間鋅板屋開業的。門前的招牌說著「專業污染處理」。一年不到，李偉強就跟我說：「你去找

169

我們仨

屋主談談，開個合理的價格，把這屋子和周圍的土地都讓給我們。」當時我還發笑，說：「一定是你們詐騙了那個笨蛋，向你們投注資金。」

從我的散文裡，就透露出我與他倆非一般的感情。那是從土路上塵埃飛揚裡隨著牛車伯的吆喝走出來的友情，那是孩童嬉戲裡一路走過來的情誼。

那筆產業的交易，我沒有收取分文的傭金。

三年不到，他們把鋅板屋拆了，一間四層的泥磚樓房就在武吉市裡巍然屹立。

當時我還以為我看走了眼，這塊福地還蘊藏著比我推測的還要深厚的福澤。我拿了羅盤，在那塊福地上探測了一整天，就是探測不到地層裡或是陰陽五行方位的脈象。

黃大容和李偉強把我拉進他們的辦公室大廳，指著牆壁上懸掛著玻璃框裡一張張的證件和文憑。那是一些處理污染專業的認證書。

窺視

黃大容說：「我們公司是這個州裡第一家得到專業認證的污染處理公司，而且也是唯一獲得國際公司承認和ISO認證的公司。在這一行業，我們是這區域裡這領域中的領導者。」

　　李偉強說：「我們起步早，是北馬最先進入這行業的專業。這區域裡絕大部分的外國工廠與企業都是我們的長期顧客，都跟我們簽訂了長期合作的協定。」

　　黃大容說：「我們賺到一些錢。我們也購入最先進的機械和儀器。我們已建立了自己的品牌。我們擁有一支高效率的技術隊伍。我們也有一隊高科技的諮詢顧問團。」

　　李偉強說：「我們是賺錢的。但賺錢也不是一切。我們想把『回饋社會』塑造為我們的公司文化」

　　這就是我的朋友黃大容和李偉強今天的成就。

　　這也就是當年跟在牛車伯車後三個小孩的三十年後的我們的現況。兩個是大企業的老闆，一個是在一家汽車零件公司當營業經理的我們仨。

我們仨

李偉強是扶輪社與獅子會的主要贊助人、是某高爾夫球會的創始者、是賽馬場和運動俱樂部的高級會員。

　　黃大容是五指神君廟的理事會成員、兩間華文中學和兩間華文小學的董事、一些社團的董事和一些廟宇的贊助人或理事，是華人社團不可或缺的領銜人物。

　　要是你在武吉市住久了，從這兩人的社交活動，就能猜測到他倆的教育背景。

　　他們倆都是從馬來亞大學畢業的，唸的都是經濟學，都是滿口英語馬來語滾瓜爛熟，靈光得很。這一口技讓他們在橫掃國際工廠企業的訂單外，還讓他們成為政府有關部門的主要供應商和承包商。

　　但黃大容總會在李偉強的背後說：「那個『紅毛糞』的，那個『紅毛直』，那個祖國『在倫敦』的。」

　　而李偉強則說：「族群的沙文主義。短視。」

　　當年小學的檢定考試成績公佈後，黃大容進入政府教育局資助的華文國民型中學，李偉強卻選擇進入英文國民中學。我的

窺視

成績不好,唯有進入要付高學費的由華社主辦的獨立型華文中學。從那時候起,當年小鎮的馬路上的我們仨小孩就走上三條不同的道路。

黃大容跟我還走得近些。我們在中學裡都有讀華文,而且學校裡都是以華文作為教學媒介。我們都講華語,所以有一段時期我和黃大容是極端地蔑視那個滿口英語的李偉強,甚至有幾年,就因為他取了個「東尼李」的英文名字,我們跟他斷絕交往。

我的華文程度較強些,因為學校裡的課本都是華文版,而且教師都是些台灣留學生,所以教導出來的我還會寫一兩篇所謂的散文。黃大容的英文就比我好多了。他的國民型中學課本,除了華文語言一課,其餘課目都是英文版,而且還面向英國式的中學文憑考試。至於李偉強,在英文國民中學裡,更是全套西化得讓我們看不順眼。「紅毛糞」與「紅毛直」就是那時被我們套上去的。(過後,國民教育政策被徹底執行,所有國民型中學裡,除了英文、印文與華文的語文課外,所有的課目都以國語教學。)

我們仨

中學畢業後，黃大容和李偉強一起到馬大讀書。兩人在大學裡是同一個系，也就先互相諒解了。過後，當年小鎮馬路上的三個小孩終於又走在一起。

他倆大學畢業後，還在吉隆坡或浮泛或沉浸了兩年。過後，他們回到武吉市找到我，說：「哪裡是福地？我們要發跡，哪裡？哪裡？」

當時是我拉了他們倆走到五指神君廟的西北角，對著那鋅板屋說：「那裡就是福地。」

就這樣，十五年過去。

前些時候，黃大容跟我說有家美國公司有意收購他倆的公司，開的是天價。

再前些時候，李偉強跟我說有家掛牌的公眾公司，想以換股的方式，倒置收購。開的也是天價。

這時的黃大容已經獲得州元首頒授的勳章，而李偉強則在更早的一年，也獲得最高元首的獎狀。兩人都是武吉市的商業才俊，只有我，眼角睥睨著他倆的身影，就是只能自愧只能怨尤只能自卑。

窺視

就是在他們事業正處於巔峰之際的一天，黃大容找我，說：「我受不了這個吃『紅毛糞的』。真受不了。」

我說：「都幾十年的朋友了，沒什麼說不好的？願意跟我投訴嗎？」

黃大容一臉漲紅，氣喘吁吁的，就是瞪著眼，不說。

我瞭解。那是他們公司業務的事。他們從不會在我面前透露公事上的爭執。他們倆都有想對我傾訴的欲念，但最後他們都會選擇不向我透露。這是他倆幾年來的習慣。我淡然微笑，自忙我的。

李偉強也找我發洩：「我這人是公事公辦。會計師怎麼說就怎麼辦。公司有公司的規則，而且錢也不是容易賺。最重要花得其所，有價值。」他憤慨又浮躁：「還說是專業人士。就是不能審時度勢。是什麼年代了。還是那一套？」

我說：「那你就說吧，或者我能替你們解套？」

我知道，他不會跟我說。他只是想在我面前吐口晦氣。他說：「審時度勢和什麼年代？」我就知道他倆爭執的根底原因。

175

我們仨

他不會跟我進一步的解說，因為他認為我會比黃大容還要極端，跟我說了會惹來更多的爭執。其實他是多慮了。經過時光的淘洌，再看過國家的教育政策走向、國家政治的流程和操作，像我這樣的人，都逐漸在邊緣化，而且時間都不站在我這一類人的這一邊。我經歷過，我身受過程中的無能參與的無奈與乏力感。

他無言跟我瞪眼。突然他狡黠地一笑：「Fuck，這事跟你無關。來，我們到酒廊聽歌去。」

李偉強這脾性就比較跟我合拍。我比較願意享受人生，不願意讓一些宏偉壯麗的名詞所迷惑。我不像黃大容。黃大容總是有種使命感受，好像他肩負著民族母語的重擔。對黃大容的身姿與態度，我與李偉強是由衷的尊重。我的尊重是基於沒有經濟效益的衝突，而李偉強的尊重卻因為共同的事業利益，總讓他感受到不解和憤懣。

說白了，黃大容是想對母語教育出點力，而李偉強卻是望向另一個方向，說：「大勢所趨，太固執了，會走進死胡同。」

追根究底：就是他倆對華文教育價值觀的分歧。

窺視

他倆都找過我，都想向我傾訴，然而都在我面前閉嘴，選擇沉默。

我曾嘗試去探究為何華文教育價值觀的分歧會在武吉市這個小鎮裡顯得特別凸顯。

或者這塊土地的州屬曾經直接受到英國殖民地政府的統治，或者這裡有一間最高的英文中學，而這間中學曾經造就過一批殖民地時期的官吏和行政人才，或者從這裡走出去的英文教育者都有相當的成就。我沒能找到科學性的解釋，但像李偉強持著這樣價值觀的人，在武吉市裡，多的是。

有一天，我隨意跟李偉強談起他的母校，武吉市的英文中學。他的母校是全盤由教育部接管，除了英文科，其餘課本都是國語。這和華文國民型中學一樣，除了華文語文課，也全都是國語課本。然而，就因為董事部在權責與主導的作用，兩間學校的辦學效率差異就在考試的成績上顯現了。

這問題讓他沉默不語。他沉思了一陣子，然後說：「董事部當然能在教育局的常年預算上輔助學校在經費上的不足，而且辦

177

學的權責也比較自主。我承認一些行政上的偏差導致我母校的校譽逐年滑落，但那是行政上的偏差。這和我對黃大容乃至華社的不解，是兩碼事。」

他說：「華文國民型中學要另一個興建新校舍。黃大容要我們的公司捐獻一筆鉅款。他個人要捐獻多少，我沒意見。但牽涉到公司的款項，就要追究到辦學的初衷。我認為，辦學就是資助貧困子弟就讀，就是提供學子們的福利與深造的機會。我們的國家並不窮，興建校舍的事應該由政府的教育局去辦。我們的捐款應該是用於造就人才和專業精英。為了一本華文教課書、為了教學媒介語與一些校董的權限，華社要付出龐大的建校費用，我認為不值，應該再三斟酌。」

他說：「幾十年前武吉市辦學，那是政府在能力與政策上不能讓教育普及。現在普通教育都已普及到各個層次，我們就應該在辦學上提升，走向精英教育，這才是人們捐款辦教育的大方向。」

他說：「我想的是一些科研基金，一些高層次的教學研討與

窺視

人才培植。我們不應該停留在草根性的教育培養，我們應該造就精英，走精英教育的路線。」

他說：「我們要辦精英教育，設立科研基金，就像美國的一些文化科研基金會，受益的是沒有種族性的全民社會。終究，時代已變遷，政治方向都已被制定，我們要回到主流，然後走造就精英的方向，讓武吉市成為製造精英人才的城市。」

唉！我歎了口氣。這又是跟黃大容截然相異的思考方式。

黃大容的想法卻是很單純。儘量保住母語的自主權、護衛母語文化的根源、維護母語的生命線。為了這前提，多一些的經濟投入都是我們應盡的責任。母語教育是我們不容觸摸的一塊，就連我們的政黨，都是以護衛母語作為政治政策的底線。

這沒話說。整個武吉市的華社就是在捍衛著母語的堡壘。

回溯武吉市開埠以來走過的歷史，最輝煌的就是巍然屹立的幾間由華社建設的學校。

我不願置喙。我只是期望我們仨的友情不要因這個問題而有了變化。

我們仨

事業是他們倆的，但有時牽涉到個人的原則與價值觀的取捨，事業也就不過是過目雲煙，算不上是什麼永遠不變的價值。

　　創業不易，守業更難，我就是怕他倆自亂陣腳，而且傷了情感。

　　這不。黃大容有一天就來找我，說：「你是我們的好友，就當我們的說事人、協調者吧。探問他有沒有意思把我的股份全部收購，或是將他的全部股份，出個價，賣給我。」

　　「你們已經走到這個地步了吧？」我就早意料到會有這樣的事，我只是期望這事還能拖上幾年。雖然近年來我們仨不像以前那樣常聚集在一起，但我還是在他們倆間走動，言語間，我察覺到他們倆的分歧是趨於惡化的方向。

　　「生意上的取向和發展的構圖，讓我們不得不分道揚鑣。你去跟他談。我們都是從小到大的朋友，你去談，不會把消息洩露出去，而且大家都信得過。沒事，你就當作說事的，就去說說。」黃大容說得很堅決，而且也不容我遲疑。

　　我還想拖延，但沒隔上三兩天，黃大容就會來電話催促，而且態度也日見煩躁。

窺視

我探了李偉強的口氣。他當即就承認他也有這個意思。讓他考慮幾天，他會給個明確的答覆。幾天後，我就把他的決定傳遞給黃大容。

　　他倆都說就讓他們倆各自的會計師、財務顧問和律師們去協調與談判。以後的事，就沒我的事了。我想想：是的，他們倆要的是一支針，一支戳破他倆間那片薄膜的針。至於他們倆為什麼會有相同的意願和想法，他倆都不說，都對我緘默。

　　黃大容和李偉強拆夥的消息，像枚炸彈在武吉市炸開了。他們的公司是武吉市裡最具代表性的商業機構之一，也是最具備成為第一家上市掛牌潛能的公司，是武吉市的榮譽。於是，有人開始向我追究他倆拆夥的原因。

　　他們間的財務如何處理，我無可置喙。他倆有各自的會計師和商業顧問，公司的商譽和資產的市值，自然會有人幫他倆盤算。至於原因，我說：「你們還是找當事人問去。」

　　「但你是他倆從小到大的玩伴，對他倆的性格和思路總該有一些外人不能觸摸到而只有你能察覺的盲點吧。」這是一家報章的商業撰稿人私下探訪我時，給我的一句讓我飄飄然的恭維的話。

我們仨

我於是很嚴肅地向他分拆了黃大容和李偉強的性格和教育背景，也從這裡探討了他倆在母語教育價值觀上的分歧，以及他倆走到今天這不能收拾的地步的原因。我說了很多，因為我是個想像力豐富的人。我從武吉市開埠時華社辦學的神聖事業說起，也暢談了當今教育政策的演變走向和族人母語未來的歸屬問題。最後，我以他倆對母語教育的價值觀的分歧導致商業機構崩潰作為結束語，而發出無可奈何的感歎。我說：「受英文教育的跟受華文教育的人，在商業策略的應對上，可以一致，但談到教育，他們總是望向截然不同的方向。」

　　這他媽的撰稿人不從商業經濟的角度去分拆黃大容和李偉強分手後公司的商業效應，反而拿我的對母語教育的一些談話來加以炒作，寫了一篇〈為什麼要分裂？〉，副題是「剖析武吉市的教育價值觀」的文章，發表後，在武吉市上就華文教育問題鬧得沸沸揚揚。

　　李偉強來找我，「你這麼一說，我還能在武吉市面上走動嗎？人們都當我是反母語分子，是個洋人，是個香蕉人。

窺視

Fuck！」他還是面帶微笑地說：「其實，這也好。這根本就是我的想法，而且和我一樣的想法的人，在武吉市上，多的是。我覺得輕鬆多了，把多年來壓抑著的思緒發洩了，也因此結交了一些有同樣意見的朋友。」

他看我還是一臉疑惑不解，斷續就說：「一直以來，我就想提出另一種辦教育的思路，另一種和主流交融的方式。你替我說了，我還是想謝謝你的。」

黃大容的說法就有些浮躁了。他說：「事情並不是你所想像的。這只是我跟他在商業策略上的分歧，沒有涉及到什麼母語教育，你把這問題想得太沉重了。你把神聖的華文教育與銅臭味的商業捆綁在一起，你讓我的處境……唉，我也不懂得如何處理。我是願意盡心盡力為母語貢獻的，但你的說法就讓我的作為太沉重了。」說完，他悻悻離去。

過後，李偉強搬到檳城工業區附近的住宅區。有一次他通過電話跟我聯絡，他說：「輕鬆多了。這裡，我們沒有語言教育的壓力。」

我們仨

過後，黃大容雖然還是住在武吉市，但卻少跟我見面了。我風聞他對我的評語：這人，想像力太濫。

就這樣，我們仁的友情就剩下我在散文〈那時、小鎮、馬路〉裡的回憶。

窺視

五指神君的秘書

1.

我是五指神君的秘書。

別笑。這是對五指神君不敬，對我不敬。

千真萬確我是五指神君的秘書。我真的是掌管五指神君所有的繁瑣的俗務。

以前，鎮民們都稱呼我為「財副」，似乎我只是會收發一些財務上錙銖必較的小事，其實不然，到現今的時節上，五指神君的所有收支來往款項、政府官場銀行與社團交際等事務，都無不

通過我的手指頭在電腦鍵盤上操縱和在網路上溝通，讓五指神君的業務有條不紊地被掌控住。「財副」是不夠專業化了。我還是期望大家能諒解我對「秘書」兩字的覬覦與執著。

如今，五指神君的理事會已是武吉市的首富。

話說當年五指神君路過武吉區域。

那時武吉才開埠，還不能成鎮，只是個依靠著鐵路的火車站而聚集了周圍一批靠出賣體力的搬運工和家眷的小鄉村。

那時這一帶正好發生瘟疫，死了一些人和家禽，人心彷徨。

五指神君覺得這一帶風水還可以，尤其是這方水土背靠的那座巍然屹立的碧綠小山，是有蘊藏著一些人傑地靈的氣象，只要稍為點化經營，這地方還是可以造就的。通過一個乩童，五指神君為人們指點迷津，避過瘟疫苦難。過後，就在這個乩童居住的小木屋正門處，有了張方木桌，放了個小香爐，寫著「五指神君」的匾牌前，嬝嬝煙霧裡也飄逸出一些保祐一些福祉。

人口繁茂了，香火旺盛了，四方來了遷徙的人群，武吉也就成了小商鎮。

窺視

所有到這鎮上落腳定居的，經過五指神君的香爐前，都會點香膜拜祈福。

　　有人點香膜拜後，剩餘的香燭就擱置在神桌上。後面跟來的，用了這些剩餘的香燭膜拜後，就放了一些錢在桌上。

　　接著，就有人桌面上放了個小木箱。接著，有人就在感恩之餘，把一些心意放進木箱內。

　　那時，人們都是純樸虔誠的，都把那小木箱當作是對五指神君的敬奉。

　　有個傳說，是武吉鎮的最早史蹟。

　　傳說是這麼說的：有一天，乩童突然失蹤了。像是人間蒸發，木桌上只留著一幅字條，寫著「不要乩童」四字。鎮民都知道乩童是個不懂寫字的人，而這擱放在神桌上的四個字卻寫得龍飛鳳舞，筆勁更是力透紙背。鎮上的老人說：這就對了，五指神君是真神也。真神是不願借道乩童的，真神只是廣布福祉與安泰。那乩童是被五指神君收回了。

　　這「不要乩童」的四字，就成了武吉鎮上五指神君廟的鎮廟之寶，如今還高懸在廟堂正門牆壁上。

五指神君的秘書

鎮上的幾個領頭人就在五指神君的桌前召開了個會議，決定了個領頭的人，其餘的都是襄助，大家聚集在一起，為五指神君處理下在這小鎮上的俗務。於是五指神君理事會就這樣成立了。

　　總要有個人為五指神君的小屋打掃洗抹，總要有個人清理香燈燭火神紙雜物。小木箱滿了，也總要有個人處置，還有很多瑣碎的事，需要一個人跑腿。

　　就在這節眼上，我登了場。

　　開始時，人們都稱呼我是廟祝。五指神君理事會叫我看守和管理廟裡的香燭事務。接著又要我每星期一次把小箱裡的錢倒出來，清算後，把錢送到鎮上理事長的店鋪，由理事長點收後，再讓他在我帶來的小賬簿上登記簽收。當然，理事會讓我住在廟裡，每個月還給我一些錢花用。那時，我是鎮上有頭有面的人，走在小鎮的土路上，一些婦孺都對我還是必恭必敬的，讓我感受到做人還是有意義的。

　　小箱子裡的捐款越來越多，就換成大些的箱子。每星期結算一次變每日一趟奔跑。接著理事長要我每天都把箱子抱到鎮上惟

窺視

一的當鋪，要我把箱子裡的錢存放在那裡。那是理事會裡的一位理事的當鋪，也是小鎮上說是有打手駐守防範的地方。

香火興旺。

理事會決議：興建五指神君廟堂。

泥磚木構的建築，搭上來自唐山的琉璃屋瓦，再配上一隊遠渡重洋南來的雕塑師父工匠，一座飛簷高翹，彩龍盤柱，金碧輝煌的廟宇屹立在武吉鎮的中心。

那一年，從唐山過來的潮劇戲班和閩劇團為五指神君廟的落成慶典，演足整整七天，是那個年代最轟動的盛事了。

慶典裡，我也是個人物，事無大小瑣碎，都少不了我的張羅和調協處理。

過後，理事會會議是通過，我成了五指神君的「財副」，可以盤點小箱子裡的錢後再到那當鋪去存放。

五指神君廟前是有一塊打了洋灰的廣場，廣場的斜前方就是武吉鎮的菜市場，白天夜晚都是熙熙攘攘的，都是些遠鄉鄰鎮到來購物的商販。理事會說就在那個廣場上做起飲食類的生意吧，

五指神君的秘書

方便四方。於是廟前的廣場就變成了小販的集散地，我也就成了為五指神君理事會向他們收取租金的收款員。我開始懂得了算賬，計數和開票據，接著就會了賬簿的抄錄與演算。我不必再清理與打掃，我有了幾個小助手，為我處理一些雞毛蒜皮的小事。

五指神君廟前的廣場不知在那個時候就變成鎮民口中的神君埕。神君埕上的收益越滾越大，理事會就用當鋪裡的存款把五指神君廟四周的土地都購置了。理事長說：公家錢銀辦公家事業，錢是天公賜的，神君自會保祐的。

在那時代，說是南方發現了錫礦，說是北方出了糧倉，又說椰林又說橡膠的，像是神君給武吉鎮散播的福澤都兌現了。

沒幾年，五指神君廟堂的四周，都興建了磚牆瓦頂的兩層店鋪。我更忙了，穿街走巷，我忙著收租，忙著盤點，忙著計算。

香火興旺。這「財副」我當得扎實穩當。

每月初一十五，每年神誕和節慶，都能顯示鎮民們在富裕之餘，對神君的虔誠與感恩，慷慨解囊。接著，有人進言，為了子孫福澤綿延不斷，辦教育，要比建造更多的屋產的意義還要深

窺視

遠。那時，英殖民政府是設有一間英文小學，是讓那些不懂得書寫華文字的華人把子弟送進去受教育的，是間學子們都說他們的祖國是在倫敦的學校。五指神君理事會與鎮民們都不吃「紅毛屎」，都正為那群整天打鬥的孩童發愁。這時正好理事長要回福建的家鄉置業，理事會就要他回來時帶上兩三個家鄉的秀才。理事長答應了。他的妻舅，還有個表哥，都是上過鄉考，懂得晃頭吟誦唱的讀書人。

過後，五指神君理事會會議上一致通過，一年後，一座近百尺深長的四層高樓就在五指神君廟的東北角豎立，傲視俯瞰武吉鎮上的所有建築群。

武吉鎮的第一家私塾就設置在四層樓的二樓和三樓。

底樓是五指神君理事會的辦公室和鎮民的大會堂，是我這「財副」每天辦公的地方。那時，五指神君廟裡已經有正式的打掃的工人，而我，是全權處理與管轄著五指神君眾多的產業與業務，每天早上在廟祝把前一天廟裡的收款交到我的手上後，我還得跑趟當鋪去存款。

五指神君的秘書

那年代，最讓我心煩意亂心力交瘁心驚膽戰的，就是那群整天在樓梯間竄上跳下，躁亂不休的孩子。

私塾的老師們都住在四樓的幾個房間裡，有的還帶著家眷，也是又噪又亂。

校長是真正的福建秀才，掌管校務時，都近六十了。這人從那時起，就沒有離開過。

（寫到這裡，我覺得不對了。武吉鎮和五指神君似乎成了主角，我像是在敘述它的歷史。這不是我的初衷。我要寫的是作為五指神君的「財副」、「秘書」的我。

我從開埠的武吉走來。這方向不對。

我該從2006年走回去，走到福建秀才那裡去。）

窺視

2.

我是五指神君的秘書。

今天，銀行的經理來了電話，說是吉隆坡的總行的總經理，到北馬巡視業務，特意想會見本區域最大的存款戶。我說：理事長到中國旅遊去了。他說：你來就行。你是五指神君的一把手，理事長對業務都沒有你清楚。總經理就是想見你，商談下你們那筆存款的意向。

昨天，我會見了學校新校舍建築設計師，聆聽了他對親校舍的建築成本的估計。

前天，我拜見了武吉市的市長，對市政府要徵購五指神君在郊外的那塊土地，提出了五指神君理事會對徵購價格的意見。

大前天，我跟美美財團的董事長見面。神君埕的斜對面，二十間的店鋪，整二萬平立尺的土地。我向理事會呈遞的建議是：一、土地使用的年限與底價。二、土地的年租價位。三、商場經營的股權。四、土地使用權逾期後商場建築的主權歸向問

193

題。理事會的諸位理事都對我說：「有你這位商業碩士，你就去見見美美的老闆，再跟理事會報告就可以了。」我還是要了副理事長跟我同行，會見了美美財團的一批企業才俊，投資顧問們，還有以那個只會傻笑只會頷首的美美財團董事長。

再大前天，學校的校長帶了學校的會計主任和發展委員會主任，跟我講述了學校今年的師資預算與明年的擴展計畫，在我的辦公桌上擱下近一英尺高的文件與圖表。

再前……再前些時候，我……

這就是2006年武吉市五指神君理事會的秘書的我的日程表。

2006年的理事們，都是自己企業的大老闆，都是五指神君廟堂的贊助人，都是些德高望重整天忙得忘了放屁的企業家，在每個月的例行理事會上，能有一個能擁有商業管理資格的專業人才向他們提出正確的商業企劃與管理建議的秘書，他們對我的表現還是滿意的。前年，我帶領五指神君的產業投資公司申請並進行了ISO的企業管理資格的考核，成為我國的第一家獲得行政管理ISO認證的社團團體。過後，根據理事長的說法：只要不讓理事

窺視

會的銀行帳號裡凝滯和堆積太多的現金不用、只要每年的理事會都有一些利民利國的計畫、只要學校的素質和考績有所提升、只要理事會的資產能逐年豐厚，你放手去幹就是了。

為了讓我能更有效地巡視五指神君的橡膠園與棕櫚園，為了我更方便管轄屬下近百名員工，理事會配了輛豐田車給我，還在五指神君大廈的頂樓，設置了秘書的寓所。

這就是2006年五指神君的秘書的我。

之前，國民型與獨立型共用的校舍不夠用了。學校的董事會的校董們都說要在市郊另建校舍，讓兩間中學都有各自的校舍。

管理這一塊的教育官員說：那好。董事會既然還是要堅持不懈地想保留那一科華文的教學，還想保留董事會的某些行政上權益，建功新校舍的事嘛，就一對一公私共同營造。國家出一半董事會出一半。

董事會的校董們找到了我。我召開了五指神君理事會的會議。理事會的理事們都是學校的校董，所以談論的不是要不要承

195

攬出資的事，而是從五指神君的產業裡挑出一塊最適當的地皮。我在法律的規範下把獻地的手續在法律上合法化，在商業的規範下把捐款合理化，在稅務的枝節上讓盈虧合情合理化。同時，我也處理了新校舍設置新設備問題，還把的建築費及籌來款項都平衡結算了。過後，舊校舍保留給了獨立型的中學。

在這之前的十幾年前，也就是在國家獨立後的幾年吧，國家來了個國民教育政策，全國學校都要面臨改制。要不是國民制，就是私立制。

那時在市面上有一場持久的爭論。贊成獨立型學校的人說要堅持完整母語的教育，贊成國民型學校的人說母語之外還是要考慮到學子們面對的就業現實和進入國家主流的切身利益，更有人說乾脆大家接受國家教育（國民制）算了。

五指神君拍案定局。

全母語教學的獨立型和保留一科華文教學與董事權益的國民型的兩種類型中學教育，就在五指神君的財力物力下的扶持下，讓武吉市成為母語教育的全國模範。

窺視

我是五指神君的全權代理人，在會議上，沒有理事們雙重身份的曖昧，從容而堅定，我參與和見證了這段歷史。

　　這時，五指神君肩負了輔助武吉市五間學校的重責。一間幼稚園，兩間小學，一間獨立型和一間國民型的中學，母語的燈火在這區域得以傳遞。

　　我作為五指神君理事會的代表，除了日常的廟堂業務外，還得審視與確保每間學校在資金上都能正常運轉。

　　在這之前，在獨立建國的前幾年，在五指神君的財力支援下，武吉鎮建立了這區域裡第一間也是唯一的中學。作為五指神君的「財副」，我也開始學習英語和馬來語。

　　之前，理事長就再三地告誡：「鎮上的商業銀行就要開張營業了，當鋪裡的款項都要遷移到銀行的帳號裡。那天政府也來了公函，指示所有的社團所有的寺廟的理事會都要向有關部門註冊，還有，宗教局的官員每年都會來拜會。你說，作為我們的理事會的『財副』，應該不應該要懂得英文和馬來文啊。還有，所有的賬

五指神君的秘書

簿都要換成西式的，不要再用毛筆記賬，用一種用藍色墨汁書寫的鋼筆。當你學會了英文和馬來文，理事會還要買一架打字機。」

也是從那時候起，我開始穿皮鞋、穿長袖襯衫上班，開始接電話，開始拜會律師會計師審察官、銀行經理市長署長警長。開始陪理事長出席市面上的一些莊重的會議和宴會。

再前，再前就是和平了。

日軍都撤退了，退得一乾二淨。馬來員警最先回到警署，鎮長也發佈了英軍就要回來的文告。理事長要我去買了幾綑的鞭炮，高掛在五指神君廟的廟簷上。那一天早上，全鎮的人都聚集在神君埕前，大家都滿臉笑顏逐開地看著理事長眯縫著雙眼，手指顫抖腳步凌亂地點燃鞭炮。

過後，理事長就要我率領一批工人去清理四層樓。

四層樓是五指神君的產業。在日本佔領期間，四層樓被日軍佔據，成為武吉鎮管轄區域的皇軍司令部。那「五指小學」的匾額和五指神君理事會辦公室的招牌早就在日軍的司令官的吆喝下，被拋進火堆裡燒了。

窺視

這四層樓裡發生過很多事。

在那段歲月裡，有人被灌腸灌水，有人被拷打，有人被槍殺，有人被肢解，有人被吊斃。所以鎮上有很多四層樓的傳說，說是四層樓裡有鼠精，帶領著一群十寸長的大老鼠，專吃日本軍人的肉；說是那些死在日軍的冤魂，每晚都會在四層樓裡遊蕩，還會慘叫還會哭喊；說是福建秀才的老校長還在，還有王老師的全家大小，都沒有離開過四層樓，每晚都會在四樓的窗戶旁，默默地注視著馬路上過往的鎮民。

在理事會的授意下，請了幾位法師在四層樓裡做了七天的法事。再聽從清淨工人的建議，把整座樓宇的全部窗戶打開，曬了整整三天的陽光。淨洗工人從裡到外洗刷一番後，夜間，鎮民們開始敢在四層樓前的路面匆匆走過，白天，孩童們也被家長們允許到二樓三樓的課室上課了。

日軍撤退都一年了，小學的匾額才被掛上去。之前，我是在四層樓的底層的五指神君理事會辦公室裡辦公。那段日子裡，我每天都禱告五指神君：早日找到老師，早日讓學童們複學。我是

199

五指神君的秘書

心驚膽戰的，因為就是在那個時候，我發覺老校長福建秀才並沒有回到唐山去，和那服毒的王老師一家大小，都還住在四樓的房間裡。

再前，再前的再前就是四層樓的私塾了。那時福建秀才總是晃著頭顱，帶領孩童們吟唱。那時，三十來歲的王老師，總是為了孩子的事跟他的女人互相折磨對方。那時，我還得每天把五指神君收到的款項送到當鋪裡存放。

（寫到這裡，我又覺得不對了。武吉市和學校又像是成了主角。這不是我的本意。我想描繪的是作為「秘書」作為「財副」的某種穿梭時空的意義。從2006年走回去。我走到福建秀才的私塾，還是找不到自己。）

窺視

3.

（無論從開埠的武吉鎮走來，還是從2006年的武吉市走回去，一路上都是幢幢五指神君的影子，理事會、四層樓、學校和母語教育。）

武吉市裡五指神君廟的香火還是旺盛。

五指神君理事會成立了產業投資公司、聘用了專業的投資顧問、設立的獎學金、建立了行政大樓。

五指神君理事會的秘書是擁有商業碩士學歷的我。

我站在行政大樓十二層處我的辦公室的落地長窗前，前下方，就是五指神君的四層樓。那樓房已空置了好幾年，「吉屋招租」的紅布條還掛在大門上方，迎風招展。

四樓，福建秀才和王老師的一家還住在那裡。

屋租就要到期。我還得到那裡跟他們收租去。

五指神君的秘書

語言文學類　PG0461

窺視

作　　者／陳政欣
責任編輯／林泰宏
圖文排版／蔡瑋中
封面設計／陳佩蓉

發 行 人／宋政坤
法律顧問／毛國樑　律師
印製出版／秀威資訊科技股份有限公司
　　　　　114台北市內湖區瑞光路76巷65號1樓
　　　　　電話：+886-2-2796-3638　傳真：+886-2-2796-1377
　　　　　http://www.showwe.com.tw
劃撥帳號／19563868　戶名：秀威資訊科技股份有限公司
　　　　　讀者服務信箱：service@showwe.com.tw
展售門市／國家書店（松江門市）
　　　　　104台北市中山區松江路209號1樓
　　　　　電話：+886-2-2518-0207　傳真：+886-2-2518-0778
網路訂購／秀威網路書店：http://www.bodbooks.tw
　　　　　國家網路書店：http://www.govbooks.com.tw
圖書經銷／紅螞蟻圖書有限公司
　　　　　114台北市內湖區舊宗路二段121巷28、32號4樓
　　　　　電話：+886-2-2795-3656　傳真：+886-2-2795-4100

2010年12月BOD一版
定價：250元
版權所有　翻印必究
本書如有缺頁、破損或裝訂錯誤，請寄回更換

國家圖書館出版品預行編目

窺視 / 陳政欣著. -- 一版. -- 臺北市 : 秀威資訊科技,
　2010.12
　　面；　公分. -- （語言文學類 ; PG0461）
　BOD版
　ISBN 978-986-221-649-1（平裝）

868.757　　　　　　　　　　　　　　99020174

讀 者 回 函 卡

感謝您購買本書,為提升服務品質,請填妥以下資料,將讀者回函卡直接寄
回或傳真本公司,收到您的寶貴意見後,我們會收藏記錄及檢討,謝謝!
如您需要了解本公司最新出版書目、購書優惠或企劃活動,歡迎您上網查詢
或下載相關資料:http:// www.showwe.com.tw

您購買的書名:＿＿＿＿＿＿＿＿＿＿＿＿＿＿＿＿＿＿＿＿＿＿＿

出生日期:＿＿＿＿年＿＿＿＿月＿＿＿＿日

學歷:□高中 (含) 以下　　□大專　　□研究所 (含) 以上

職業:□製造業　□金融業　□資訊業　□軍警　□傳播業　□自由業
　　　□服務業　□公務員　□教職　　□學生　□家管　　□其它＿＿＿

購書地點:□網路書店　□實體書店　□書展　□郵購　□贈閱　□其他

您從何得知本書的消息?

　□網路書店　□實體書店　□網路搜尋　□電子報　□書訊　□雜誌
　□傳播媒體　□親友推薦　□網站推薦　□部落格　□其他＿＿＿＿＿

您對本書的評價:(請填代號　1.非常滿意　2.滿意　3.尚可　4.再改進)

　封面設計＿＿　版面編排＿＿　內容＿＿　文／譯筆＿＿　價格＿＿

讀完書後您覺得:

　□很有收穫　□有收穫　□收穫不多　□沒收穫

對我們的建議:＿＿＿＿＿＿＿＿＿＿＿＿＿＿＿＿＿＿＿＿＿＿

＿＿＿＿＿＿＿＿＿＿＿＿＿＿＿＿＿＿＿＿＿＿＿＿＿＿＿＿＿＿

＿＿＿＿＿＿＿＿＿＿＿＿＿＿＿＿＿＿＿＿＿＿＿＿＿＿＿＿＿＿

＿＿＿＿＿＿＿＿＿＿＿＿＿＿＿＿＿＿＿＿＿＿＿＿＿＿＿＿＿＿

11466
台北市內湖區瑞光路 76 巷 65 號 1 樓

秀威資訊科技股份有限公司　　　收

BOD 數位出版事業部

∙∙

（請沿線對折寄回，謝謝！）

姓　　名：＿＿＿＿＿＿＿＿＿　年齡：＿＿＿＿　性別：□女　□男

郵遞區號：□□□□□

地　　址：＿＿＿＿＿＿＿＿＿＿＿＿＿＿＿＿＿＿＿＿＿＿＿＿＿＿

聯絡電話：(日) ＿＿＿＿＿＿＿＿＿＿　(夜) ＿＿＿＿＿＿＿＿＿＿＿

E - m a i l：＿＿＿＿＿＿＿＿＿＿＿＿＿＿＿＿＿＿＿＿＿＿＿＿＿＿